你杀了谁

ANATA GA
DAREKA WO
KOROSHITA

〔日〕东野圭吾 著

苏玖龄 译

南海出版公司

新经典文化股份有限公司
www.readinglife.com
出　品

你杀了谁

1

十二名客人聚集在酒店的大堂，身穿老派西装的侦探对着他们缓缓扫视了一圈。

"看来大家都到齐了。"侦探满意地眯起眼睛，"本次旅途中虽然不少人都没有时间观念，但今晚似乎是个例外。"

"还不是因为说要揭露真凶，就把其他安排取消了。别挖苦人了，赶紧让我们听听名侦探的推理，如何？"说话的是这群有钱的酒店住客中最爱摆架子的富豪。他身材发福，用着一贯的傲慢口吻。当然，他也有杀人动机。

"我并非要故弄玄虚，伯爵。"侦探摸了摸鼻子下面的胡子，"就算不这么做，真相本身也足够出人意料了，哪怕只是平淡道来，我也有信心不会让大家感到无趣。好了，开场白到此为止，就让我赶紧为各位揭晓答案吧。这起惊人的案件，真凶就是，你——"

侦探刚伸出食指，就有一只手从侧面探了过来，点了一下平板电脑上的画面，暂停了视频。原来是坐在一旁的由美子干的。

"妈妈，你干什么呀！"朋香发出不满的声音。

"先看到这儿吧，马上要到了。"

"侦探正要开始解谜呢。"

听着女儿的抗议，由美子不以为然地笑了笑。"反正你已经猜到了吧？你不是一直这么说嘛，什么意料之中啦、毫不意外啦之类的。"

"那也没关系，我的乐趣就是看猜得对不对。"

"把这份乐趣留到后面吧。"

朋香耸耸肩，合上平板电脑的盖子，把它放进了旁边的背包。

目光投向车窗外，朋香发现父亲正则驾驶着的这辆梅赛德斯-奔驰不知何时已驶入了一条窄路。路两侧树木茂盛，一眼望不到深处。

眼前出现了熟悉的岔路口。正则打着方向盘，驶进岔路。栗原家的别墅就在前面。上一次来这里是春假期间，大约五个月前。以前一家人每个月都会来，后来渐渐就少了。父母觉得是因为独生女长大了——自从升入中学，女儿就不大愿意和他们待在一起。这倒确实无可否认。从前，问女儿想不想去别墅，她二话不说就会点头。不知从什么时候开始，回答就变成了"随便"。没办法，实际情况就是如此，就算一家三口来别墅住，也跟在东京没什么区别。朋香只是闷在自己的房间里。在空气清新的林间走走固然不错，但待个三十分钟也就足够了。

过了一会儿，道路右侧出现了一栋西式建筑，是樱木家的别墅。房主是医生，经营着一家综合医院。

"听说理惠小姐终于找到对象了。"由美子说。

"哦？对方也是医生？"正则问。

"不清楚，多半是吧。好像会带过来参加今晚的聚会。"

"唔，那个任性的姑娘要结婚了。也不知道是何方神圣，不过，还真有口味这么独特的男的啊。"

"要是可以继承樱木医院，还是能稍微忍忍的吧。"

"稍微忍忍……反正我是受不了她。"

"别担心，人家对你也是一样。"

由美子的话里夹着一丝冷笑。正则稍稍耸了耸肩，朋香看不到他的表情。

理惠是樱木家的独生女，二十五岁左右。去年见到她的时候，她染着一头金发，炫耀着花哨的美甲。父母费尽心思想让她进医学院，但无论偏差值①多低的大学她都没考上，最终也只好放弃了。

再往前开一点儿，又出现了一栋建筑。现代设计中带着几分日式建筑的古韵，算得上是日西合璧。

里面住的是一位叫山之内静枝的女性。这栋房子不是她度假用的别墅，而是平时的住所。她原本家在东京，丈夫过世以后搬了过来。

"山之内女士今天一早就开始准备了，很辛苦吧。"正则边减速边望向那栋房子，"我总觉得挺不好意思的。"

"据说这次她侄女和侄女婿也会来，应该能让他们搭把手。"

"侄女要来吗？呃，叫什么来着？"

"春那，侄女婿叫英辅。都一起烧烤过还不记得人家名字，这

---

① 即学力偏差值，是日本用来反映学生学习能力的数值，代表一个考生的学习水平在全体考生中所处的位置，偏差值越高，成绩越好。一般来说，大学的平均偏差值越高，就越难考进。

3

样给人感觉多不好,你还是留点心吧。"

"再怎么说都过去一年了,亏你还能记得啊。"

"我们做生意的人,见过一次就能记住对方的长相和名字。"

"原来如此,不愧是专业人士。"

"谢谢夸奖。"由美子冷冷地回了句。她在青山开了一家美发沙龙,客人里有不少名流,对此她很自豪。

正则再次加快车速。开过山之内家后没多久就看到右边出现了一条小岔路,路的前方是一栋绿色屋顶的建筑,这一带的人用《绿屋的安妮》[①]里的"绿屋"来称呼它。

"那栋别墅,房主准备怎么办呢?"正则嘀咕。

"听静枝女士说,好像是不打算住了,夫妻俩都进了养老院,估计要卖掉。"

"哦,希望别卖给什么奇怪的人就好。"

这栋长期空置的绿屋平时是山之内静枝在打理。房主跟她亡夫的关系很好,便将钥匙交给她保管。既然知道不会去住,为什么当初还要买呢?朋香代入了自己的父母,心中产生疑问。

过了分岔路口,这片别墅区中最气派的建筑映入眼帘。与其说是别墅,不如说看起来更像是某种机构。

接着,一栋几何风的建筑很快出现在右手边。这是栗原家十二年前买的别墅,刚买时白得熠熠生辉,现在已不复旧貌。

时隔五个月再次走进别墅,里面散发出一股轻微的药味,应该是防虫剂和消毒液的味道。由美子开始打开窗户和玻璃门通风。时

[①] 加拿大作家露西·莫德·蒙哥马利创作的长篇小说,亦译作《绿山墙的安妮》。

值八月，但还是马上感觉到一阵凉爽的风穿过了室内，不愧是避暑胜地。而今早从东京出发时，气温已超过了三十度。

朋香在二楼房间打开行李，出发前她姑且把学习用品也带上了。她读的是初高中一贯制的学校，所以没有升学考。但相对的，暑假作业就多得要命。不知道会在这里待到哪天，总之多少得完成一些。

敞开的窗外传来了喇叭声。朋香到窗边往下一看，只见一辆敞篷车停在那里，一个老人正从驾驶座开门下车。

他就是刚才那栋气派房子的主人。朋香只知道他姓高塚，似乎经营着好几家大公司。

朋香把房门稍微打开了一些，竖起耳朵。

"哦！好久不见！您什么时候来的这边？"是正则在说话。一楼的客厅是挑空的，所以在二楼也能听得很清楚。

"上周来的，今年打算好好放松放松。咱们有一年没见了吧？黄金周好像没见你来啊。"高塚应该已年过古稀，但依然声如洪钟。

"工作上有事，没休成假。您所谓的'好好放松放松'，是说要好好打打高尔夫吗？"

一阵笑声传来。

"总之，我也愿意在这边远程处理点工作。其实，昨天我手下的一个男员工就带着家人一起住过来了。"

"哦？会长您那里地方确实大。"

"哎呀，毕竟名义上是公司疗养院，所以房间还是管够的。今晚的聚会他们也参加，到时候给你们介绍。我这下属很勤快能干，应该能派上用场。我跟他说了，晚上让他们夫妻二人来帮大家烧烤,他满口答应了下来。"

"那我可期待着了。"

"您好!"由美子的声音传入朋香耳中。

"夫人,好久不见,还是这么年轻漂亮啊!"

"还以为您要说什么,原来是拿我开玩笑。不过谢谢您,这句话我收下了。"

"我可没开玩笑。我家那位之前也说,栗原太太皮肤一直那么好,不知道到底是用了什么魔法美容液。如果真有这样的好东西,请你一定要告诉她。"

"好呀,麻烦您转告,等我拿到样品就给她送过去。"

"不错,我就这么跟她说。哦,都这个点了,那我们回见。"

朋香听到门开关的声音,看来是高塚出去了。

"还是这么年轻漂亮啊?"正则揶揄。

"什么魔法美容液啊!他老婆都快七十了,我才不想被拿来相提并论。"由美子厉声道。

"好了好了,总之是在夸你嘛。"

"被老头子和老婆婆夸,你觉得我会高兴?相差二十多岁,年轻不是显然的嘛,我只会觉得是在戏弄我。"

由美子听起来满腹愤懑。也许是放弃了讨好这样的妻子,没有再听见正则的声音。

朋香关上房门,拿起手机躺到床上。

大人真是难以理解的生物。怎么能那么轻巧地做到表里不一呢?为什么和讨厌的人也要来往,时不时还能做出很开心的样子?

每年夏天到别墅来过盂兰盆节,是栗原家一直以来的惯例。不过这几年，度假期间又多了一项活动——与别墅区的邻居们一起烧烤。参加聚会的有他们栗原家、高塚家、提供场地的山之内家以及樱木家，一共四家人。一般只有各自的家庭成员，有时也会带外人来。

今年的聚会就在今晚。朋香有点烦，但也没办法，老老实实扮演一个乖巧的女孩就是今晚的任务。

正摆弄着手机，听见有人敲门，朋香应了声。门开了，由美子探进头来。"我要去买东西，一起吗？"

朋香迟疑片刻，摇了摇头："算了。"

"为什么？难得来了空气这么好的避暑胜地，一直闷在房间里不无聊吗？"

"没事，时间还长着。而且我想先把作业做掉一点儿。"

"哟，好学生。行，那有没有什么需要我带回来的？"

"开心果冰激凌。"

"收到。"由美子比了个OK的手势，啪嗒一声关上了门。

朋香从背包里拿出平板电脑，坐到窗边的桌子前，准备接着看那部刚进入高潮的悬疑电影。

外面传来了发动机的声音。朋香探头望去，只见那辆奔驰驶出了车库，驾驶座上坐着由美子。

朋香收回视线，看到正则正坐在露台上看书，旁边的桌上放着罐装啤酒。看来栗原家的度假生活正式开始了。

2

理惠拉开试衣间的帘子,穿着新换上的衣服走出来。这次试的是一条银灰色连衣裙。

理惠低头看向的场,似乎在问他觉得怎么样。

"挺好的,很适合你。"

理惠对着身后的镜子照了照,双手叉在腰上:"会不会有点显胖?"

"一点儿也不。"

怕胖就别吃完午饭又吃两份甜品嘛。的场腹诽。

"您觉得怎么样?"女店员笑容满面地走过来,一看到理惠,立刻眼睛放光,"呀,好漂亮,太适合您了,尺码也正合适!"

"真的?"理惠顿时开心地笑起来。她特别喜欢听来自同性的夸赞。

"日本人里适合穿这个牌子的连衣裙的,可不多哦。"

的场在一旁听着,心中不由敬佩:这店员可真会说话,对着理惠这样典型的日本身材，居然也能说出这种台词。

不过哪怕是这么肉麻的奉承，只要是夸赞，理惠都会当成真心话照单全收。果然，她爽快地说："决定了，就要这件！"

店员鞠躬道谢，内心估计在窃喜一切如她所料吧。

"还有，这条裙子刚才的位置，旁边的旁边，那件大衣——"理惠扯了一把连衣裙的袖子。

"带橙色帽子的那件？"

"对，把那件也拿过来，我想跟这条裙子搭配试试。"

"好的。"女店员快步走开。

的场小声叹了口气，看向理惠。新连衣裙到手，她正对着镜子摆出各种造型。

大概三十分钟前，她被模特身上的衣服吸引了目光，说要进店来看看。出门时明明说"衣服够多了，不想看了"，现在却一副彻底忘了的样子。若只是试穿看中的那件也就罢了，但她又转移了目标，到头来是这也要那也要，着实令人无奈。不过，反正理惠一直都是这样，而且也不是的场付钱，他倒不想抱怨什么，只是对逛商场提不起兴致。

出了服装店，的场问："现在几点了？"他两只手都拿满了纸袋，看不了手表。

理惠拿起用挂绳斜挎着的手机。"四点五十二分。"

"都这个点了啊。那我们得回去了，聚会是六点开始吧。"

"急什么呀，还有一个多小时呢。"

"不是还要换衣服、补妆嘛。而且我又是第一次参加，可不想因为迟到让大家对我印象不好，会给樱木院长丢人的。"

理惠皱起眉来。"什么院长,聚会的时候可不准这么叫。别人会觉得你是马屁精的。"

"那怎么叫?叫爸还有点早吧。"

"为什么,都已经订婚了,这么叫也没问题呀。"

"之前我假装不经意地喊了一次,你爸反应可不太好。我猜他的意思是,婚还没结,先别拿自己当一家人。"

理惠哼了一声。"你别管他怎么想不就行了。"

"怎么可能啊。"

去停车场的途中,两人经过了美食广场,这里相当热闹,几乎没有空桌。

理惠轻呼一声,停下了脚步。"是由美子女士。"

的场顺着她的视线看过去,只见一名年轻女子坐在桌旁,边上还站着另一个女人,看着不算年轻,估计有四十多岁了。

"哪个?"

"站着的那个,栗原先生的夫人。我没说过吗?今晚聚会她也会来。"理惠向她们走过去。

坐着的那位年轻女子似乎有所察觉,转过头来,面露惊讶。站着的中年女子也跟着回过头。

"理惠小姐。"中年女子笑着招招手。

"您好。"理惠打了个招呼。

年轻女子也站起来,说:"好久不见,还记得我吗?"

她看着二十七八岁,或许更大一点儿,是个白净的美人,身材比例也协调。

理惠在记忆中一番搜寻,终于想起什么似的拍了一下手。"去年你来参加聚会了，对吧？好像是跟新婚丈夫一起。"

"嗯。"女子点点头，"我姓鸢尾，鸢尾春那。"

"哦对，春那小姐！"理惠晃了晃身子，"啊，这次你也参加吗？"

"姑姑邀请了我。去年玩得很开心，所以今年也来了。"

"太好了，我可要跟你请教新婚的心得。"

"新婚？"叫春那的女子不解地歪着头。

"啊，我听说了。"中年女子看向的场，"这位，就是你丈夫吧？"

"就快是了。介绍一下，这是我未婚夫，的场雅也。雅也，这是邻居栗原由美子女士，还有春那小姐，姓……"

"鸢尾。"鸢尾春那替她补上。

"我姓的场，请多关照。"的场朝二人鞠了个躬。

"恭喜恭喜，真是太好了！"栗原由美子贺喜完，问，"婚礼是什么时候？"

"还没定，爸爸坚持要由他来决定。"

"欸，这种话你就当没听到，自己办了算了。"

"我倒是想，但要是惹他不开心闹起别扭来，那就麻烦了。"

"的场先生也在樱木医院工作？"栗原由美子打量着的场。

"我是院里的内科医生。"的场答道。

栗原由美子恍然大悟："那的确不能太硬着来，毕竟樱木先生可是医院里的独裁者啊。"

"只不过是周遭的人吹捧得他有点沾沾自喜罢了。"理惠加重了语气，"我跟雅也正说着呢，等结婚后，必须要逐步改变医院的风气才行。对吧？"

理惠看着的场。的场一时不知该如何回答。这种事情实在没必要对外人说，但要是此刻提醒她，也只会徒增不快而已，便不置可否地点了点头。

"对了，两位在这里做什么呢？"理惠问。

"我来买东西，碰巧遇到了。"栗原由美子说，"春那小姐也是来帮别人购物的吧？"

"姑姑已经为聚会做了很多准备，不过还是有需要采购的东西……"鹫尾春那耷拉下眉毛，"而且还得来拿蛋糕。"

"蛋糕？"

"就是生日蛋糕，"栗原由美子插进来解释说，"例行的那个啦。高塚夫人的生日不是快到了嘛。不记得是哪一年，静枝女士格外体贴周到地准备了蛋糕，让她从此期待上了，结果每年都得这么来一次。静枝女士应该后悔了吧？"

静枝，一个的场没听过的名字出现了，看来也是聚会的成员。

"没有，姑姑好像还挺乐在其中的。"鹫尾春那笑着否认道，"不过，蛋糕要下午五点后才能取，所以只能想办法打发时间。多亏在这里遇到了由美子女士，要不然就太无聊了。"说着她看看手表："五点了，我先去取蛋糕。各位回见，今晚还请多多关照了。"

"也请你多关照。"栗原由美子说完，理惠也接着道了句"晚点见"。的场则点点头，目送着鹫尾春那匀称的身影。

"生日蛋糕……"栗原由美子一声冷笑，"只怕高塚会长比他夫人更开心吧，那个喜欢耀武扬威的将军大人。"

的场之前听理惠说起过高塚这个人，也住在这片别墅区，很爱发号施令，聚会就是他发起的。

"是啊，毕竟连我爸爸都说，只要哄好那位就万事大吉了。他给我们介绍了好几个VIP患者呢。"

栗原由美子哈哈一笑。"那还真是重要客户啊。不过，说起来我家情况也差不多，我们夫妻都受了他不少关照。听说这次咱们高塚将军把'家臣'一家也带过来了，吩咐他们晚上烤东西。也不知道是怎样的一家人，真是令人同情。"

听着二人天真烂漫的对话，的场不禁心情低沉。看来讨将军大人欢心这件事，他也不得不奉陪了。

"晚上见。"栗原由美子说着离开了，手上提着名牌货的纸袋。看来热衷购物的不止理惠一个。

理惠耸耸肩，噘起嘴："由美子女士还是这么毒舌。不过这也算她的优点吧。"

"她是做什么的？"

"在青山经营美发沙龙，丈夫是注册会计师，夫妻俩把独生女儿扔在札幌的寄宿学校里，日子应该过得很悠闲。"

"这样啊……"

不愧是坐拥别墅的有钱人，的场差点"啧"出声来。之所以忍住了，是因为他心里清楚，将来他也必须成为其中一员。

两人回到停车场，上了车。这是一辆沃尔沃SUV。虽然是两年前才买的，但理惠已经说想换一辆车身低的跑车了。她的理由是，等结婚生了孩子，就只能坐这种家庭款了。的场想问，开车的到底是谁啊？理惠没有驾照，的场一想到以后每逢休息日就要被迫开车送她去购物的惨状，就忍不住郁闷。

开了大约十分钟，樱木家到了。房子外观是仿照木屋设计的，实际却是采用新型建材和先进工艺建造的现代住宅。只要把门关紧，连一只小虫都爬不进去。

进屋后，理惠打开客厅门。"我回来了。"

"哦，回来了啊。"说话的是人称"樱木医院独裁者"的洋一。他坐在沙发上，正开着笔记本电脑，并没有去看二人的意思。

"妈妈呢？"

"二楼。应该在为出门做准备。"

理惠"嗯"了一声，走上沿墙而建的楼梯，把购物袋扔在开放式厨房吧台前的凳子上。

"又一时兴起让你陪她去买东西了吧。"洋一说，戴着金丝边眼镜的眼睛仍是对着笔记本电脑。

"她说看到店里模特身上的衣服，瞬间灵光一闪。"然后买了别的衣服——的场在内心补充。

洋一发出一声没忍住的苦笑。"反正都是在医院里穿不了的衣服吧，真拿她没办法。"

理惠在樱木医院事务部的宣传室工作。的场不清楚她具体做什么，但唯独危机公关这些事，他真心希望她别掺和进去。他可不想看到樱木医院被搞垮。

就这么沉默着未免尴尬，的场遂问："您在看什么？"

"没什么，一点儿小新闻。现任首相真是没有看人的眼光啊。"

原来是网上的政治新闻，的场松了口气。"发生了什么吗？"

"不是什么大事，无非是大臣刚任命就被曝出贪污，也是屡见不鲜了。身为一国元首，这样可不行，真想问问他们是不是根本没做背景调查。"

"背景调查？"

"没错,这是用人之际最重要的事,"洋一摘下金丝边眼镜,总算是看向了的场,"你不觉得吗?"

的场也直视回去,微微颔首:"我也是这么想的。"

洋一把冷静而透彻的视线移向斜上方。"她们好像准备好了。"

的场回过头,樱木千鹤正慢慢下楼。她穿着鲜艳的开领衬衫和白裤子,栗色短发很衬她巴掌大的脸,实在看不出来已经快六十了。

"雅也,他又让你陪他聊什么难懂的话题了吧。"

"没有,只是随便聊聊。"

"我们在说看人眼光的事。"洋一合上笔记本电脑,"礼物准备好了?"

"准备了爱马仕的丝巾。"

"嗯,不错,反正也不是价格越高就越好。记得别让人发现,悄悄送出去啊。"

"我知道。"

听着二人的对话,的场大致猜到是在说给高塚夫人送生日礼物的事。看来就算是医院的独裁者,在给自己介绍 VIP 患者的人面前,也还是要低人一头。

必须要和这个无情又狡猾的人搞好关系,否则将来的路就不好走了。的场再次打起精神。

3

已经过了下午五点四十分，高塚桂子仍坐在古董化妆台前，始终定不下来假发的位置。轻轻一扣就能戴上虽然方便，但缺点是每次戴，假发的位置都会有微妙的变化。桂子想，或许下次还是应该用回之前的那款。

服装的选择也让人有点头疼。紫色衬衫在夜晚的聚会中真的够亮眼吗？而且还要避免跟其他女人撞色。桂子之前交代丈夫俊策，如果要去各家打招呼的话，就顺便探察探察那些女人都会穿什么衣服。但他似乎并没能顺利完成任务，在这方面真是不中用。

"哎，"俊策优哉地唤了声，走进来，"差不多该出发啦。"

"嗯。"桂子叹了口气，合上化妆台的镜子。

走出房间，下楼来到客厅，小坂一家正并排站在那里。小坂均穿着连帽卫衣和 T 恤，妻子七海穿着棕色的针织衫，他们的儿子海斗则是短袖搭背心，看起来都不是什么高级货。

"久等了。"桂子问，"我们怎么去山之内家？"

走过去也用不了五分钟,但她还是问了一句。

"小坂说开车带我们去。"俊策坐在椅子上说。

小坂均应了声,点点头。

"哦?坐得下吗?"

小坂家的车是小轿车,能坐五个人,从交通法规上看是没问题的。但桂子的言下之意似乎并不是这个。

七海微微举起右手:"我和儿子走过去,反正地方已经知道了。"

"这多不好意思,明明是贵府的车。而且这么一来,小坂在那边不就不能喝酒了吗?"

"没事的。"小坂说,"我本来也不是很喜欢喝酒,喝不喝无所谓。"

"这样啊。不用走过去的话,就太感谢了。"

"倒是我太太他们想多走走,说是难得来了这么好的地方,要多呼吸呼吸新鲜空气——对吧?"

听着丈夫催促的口吻,七海只得露出讨好的笑,点点头。站在她身边的海斗事不关己地扭着头,仿佛没有在听大人的对话。海斗好像在读小学六年级,自从昨天到了这里,就没给过桂子他们笑脸。这孩子一点儿都不讨人喜欢。

"那我跟海斗差不多该出发了。"七海对丈夫说。

"嗯,去吧,迟到就不好了。手电筒带了?"

"带了。会长、夫人,那我们就先行一步。海斗,走吧。"七海行了个礼,带着儿子走出客厅。

看着门关上后,桂子说:"那我们就恭敬不如从命了。"

"这样挺好,虽说离得近,走夜路还是有点危险的。"

"既然定了,那我们也出发吧。"俊策站起身来。

小坂载着高塚夫妇向聚会地点山之内家驶去，开着开着，看到七海和海斗并排走在小路的前方。二人似乎也留意到了他们，便停下脚步，站到路边等车开过去。七海点头打了个招呼。

很快开到了山之内家门前。这是一栋木结构住宅，设计简约时尚。

在停车位停好车后，三人来到正门口，恰好七海和海斗也到了。就在此时，仿佛瞅准了时机一般，门开了，山之内静枝出现在眼前。

"高塚会长、夫人，久候了！"她说着从容地走上前来。

细长秀气的眼中似有几分忧郁，唇边却堆着笑。她照理说已年过四十，但桂子觉得跟最初见到她时相比，几乎没什么变化。若是同龄人，肯定不免会妒忌。

"你好，今晚辛苦你了哟。"俊策笑容满面，声音上扬。

"静枝女士，晚上好。筹备这些很累吧？不好意思呀，一点儿忙也没帮上。"桂子客套地表达了一下歉意。

"没有的事。看到您送过来的食材，我吓了一跳呢，全都是那么名贵的东西，看起来就很美味。一直以来多谢您费心。"

"别客气，我们家能做的也就只有这些了。"

这些高级食材是桂子让商场送过来的。与其吃不合口味的，倒不如稍稍出点钱，不痛不痒。

"每一样都很新鲜，拿来烧烤都觉得有点浪费。得千万注意不能烤焦才行。"

"哦，这点不用担心。"俊策插进来，"我来介绍，这是我的下属小坂，还有他的家人。小坂听了聚会的事后说非常想参加，我就带他们过来了。他说今晚任何事都可以交给他来做,所以你不用客气,随意差遣就好。"

"千万别这么说……大家一起玩就是了。"

"您尽管吩咐,请多指教!"小坂弯下腰,不住地鞠躬。旁边的七海板着脸,海斗则依旧面无表情。

"来,请跟我去后院吧,大家都到了。"

山之内静枝带着他们绕到后院,桌椅已经摆好,聚会上的老面孔们也都在等候了。好久不见,您还是这么精神——大家简短地寒暄了一番。虽然也有面生的人,但总会弄明白谁是谁的。夜还很长。

"那么,各位,我们差不多开始吧?"俊策朗声道。

其他人一边应和着,一边给烤炉点上火,接着又开了香槟倒上。带头说"干杯"的当然也是俊策。祝大家生活幸福美满,在这里的每一天都顺心如意,干杯——如果桂子记忆无误,这话跟去年说的一模一样。

小坂站在炉子前开始烤食材,山之内静枝原有些不好意思,但最终还是交给了他。七海在丈夫身边帮忙,脸上不再阴沉,或许是觉得,相比于和一群不认识的人吃吃喝喝,还是干脆埋头干活更轻松。

众人拿了烤好的食物,各自找桌子坐下。桂子正默默看着时,山之内静枝的侄女端着托盘走了过来,上面放着餐碟。"高塚夫人,要来一点儿吗?我随便拿了些。"

餐碟里漂亮地盛着肉、蔬菜和虾等食物。

"好的,多谢。"桂子拿起筷子,"你是鸳尾春那小姐吧,你丈夫叫英辅,对吗?"

鸳尾春那惊讶地睁大眼睛:"没错,您还记得啊,太荣幸了。"

"去年就觉得你们是一对璧人,所以印象很深。婚后生活如何?是不是还像在蜜月期一样?"

"这个嘛……"春那移开视线。前方站着的男人走了过来,手上拿着一罐啤酒,正是她的丈夫鹫尾英辅。

"该不会是在说我吧?"

"夫人问我们是不是还在蜜月期呢。"

"在说这个啊。"鹫尾英辅吃惊似的将身体向后一仰,"蜜月期,真的有这种东西吗?我感觉从最开始就让她管得死死的呢。"

春那扑哧一笑:"哦?我怎么不记得有这回事。"

"这样就好,这就叫蜜月期哟。"

桂子端起香槟,环顾四周,只见小坂海斗孤零零地坐在离众人稍远的地方。想必是父母都在一门心思地烤肉,没空管他。

桂子继续扫视,看到栗原家的女儿朋香正喝着果汁玩手机。

桂子对春那和英辅说了句"失陪",离开座位,向海斗走去。

"海斗,你在做什么呀?"

男孩依然面无表情,也不看桂子,只是轻轻摇了摇头。"没什么……"

这么冷漠,不知道父母是怎么教育的。

"那就跟我来。"桂子说着走起来,心想,该不会要被无视吧。不过,她担心的事终究没有发生,男孩脸上带着几分疑惑,跟了上去。

桂子走到朋香身边,打了声招呼:"晚上好。"

没记错的话,这个女孩现在上中学三年级了。她抬起头,也回了句"晚上好"。她的肌肤如瓷器般白皙美丽。

"一年没见,你还好吗?"

朋香清秀的脸上露出几分苦恼。"唔……不太好。"

"啊,为什么呀?"

"因为卢比死了。"

"卢比?"桂子想了想,依稀记得去年这女孩是抱着一只宠物,"咦,那只猫死了?什么时候的事?"

"两个月前。"

"因为生病?"

"大概吧。它状态一直不好,有一天突然就死了。他们说具体原因不太清楚。"

"这样啊。"桂子眨着眼,思考该对面前的少女说些什么,"这一定是神明在考验你哦。你知道吗?神明不会给人无法通过的考验。一定是对你的将来有益,才会发生这样的事。所以,你要挺过去哦。"

朋香稍稍沉默了一会儿后,点点头:"嗯。"

"对了,有件事想拜托你,可以吗?"

"什么事?"

"这位海斗小朋友,是和父母一起到我家来玩的。这里没有别的小孩子,你可以陪他聊聊天吗?"

"好啊。"

"谢谢你。海斗,这下有伴啦。"

桂子说了句"那就拜托了",便转身离开,视线正巧与坐在桌旁的樱木洋一对上。

见他招手,桂子走了过去。洋一拿了只干净的红酒杯放到面前,问:"来一杯吗?"

"好。"桂子坐下来。

"不愧是您啊。"樱木洋一往杯中倒上红酒。

"什么?"

"您一看到那个小男孩落单,马上就把他带去栗原家女儿那里了。这么体贴,又这么机智,佩服、佩服!"

"原来是说这个啊。"桂子摆摆手,"这有什么,大人们光顾着自己快活,让小孩子无聊,心里总会过意不去的。"

"话虽如此,我想那个男孩应该很感激您。"

"谁知道呢,他开心就行。"

桂子抿着红酒,心情大好。她其实根本无所谓小坂的儿子怎么样,只是就这么放着不管的话,别人不知道会怎么想,所以才把他推给了栗原朋香。要是因此给人留下了好印象,倒是美事一桩。

人嘛,反正就是这样。表面上做的跟心里想的,完全是两码事。表里不一,这很正常。

那个女人也一样——桂子用余光瞥向某人的身影。清楚她真面目的人只有自己。当然,这件事是不会让她知道的。毒针藏而不露,方能成为武器。

4

红酒杯往嘴边举到一半,的场雅也停住了,先后看了看鹫尾夫妇。"哦,二位也是因为工作走到一起的啊,而且又都是在医院,那不是和我们完全一样嘛。"

鹫尾英辅连忙摆手:"哪里,我只是药剂师,跟的场先生你比差得远了。"

"都是给医院干活嘛,从这点来说,医生和药剂师没多大区别。你太太是护士?真好啊,两个专业人士结为夫妻。"

"那可真是不好意思了,我只是个普通职员。"理惠冷冷地说。她平时就有点自卑,所以这种时候总是很敏感。

"我也没说职员就不是专业人士嘛。只是在说他俩都是医疗领域的人,能不能稍微理解一下?"

"算了。"理惠板着脸伸出酒杯,的场给她倒上了酒。

"理惠小姐,婚后要继续工作一段时间吗?"鹫尾春那问。

"我想在怀孕前先干着,反正在家也是闲得无聊。你呢,有要孩子的计划吗？"

这种问题现在可是会被控骚扰的，但理惠就这么满不在乎地问了出来。

"倒也不是没有……"鹫尾春那搪塞过去。

"还是要看机缘。"英辅苦笑道。

的场瞥了眼春那，有些妒忌这位药剂师丈夫可以每晚抱着这样的女人。缘分这种东西真是没有道理可言，如果樱木医院里有这样的护士，他肯定不会错过。不过那样的话，人生规划就会彻底打乱。就算和美女护士结了婚，未来也没有保障。或许应该庆幸，樱木医院的护士站没有春那这个人。

"你们年轻人好像聊得很投机嘛。可不可以让我们这些阿姨也加入？"栗原由美子说着在桌边坐下，山之内静枝跟在她身后。的场起身请静枝坐他的位子。

"这怎么好意思，还是你坐吧。"

"没关系。"

的场去别的桌子边搬了把椅子过来，坐到静枝身旁。

"听说您平时就生活在这栋别墅里？"

"本来是度假用的，平时住在东京港区。不过，丈夫过世后，我就搬过来了。"

"这样啊。住在这儿不会觉得孤独吗？"

"我在这边也有朋友，所以还好。而且我本来也喜欢一个人待着，画点画什么的。"

"这么说来，确实也挺不错的。"的场喝了口酒。

实际上，的场在意的是，如果有男人知道此地独自住着这样一个女人，说不定会起歪念头。她虽不年轻，但浑身散发出成熟女人特有的魅力，甚至可以用妖艳来形容。

每年有一次这样的聚会也不错，至少也算有了点值得期待的事。

晚上十点，聚会到了尾声。山之内静枝等人表示由他们来收拾，高塚夫妇便决定和来时一样，坐小坂的车回去。而七海和海斗已经在往回走了。

"聚会太棒了，难怪每年都举办呢。"小坂握着方向盘说。

后座传来桂子的声音。"对不住啊，小坂。一直在烤东西，很累吧？"

"没事，今晚很开心。说起来，夫人您可真受大家爱戴啊，我都被感动了。"

"别这么说，我本来就够不好意思了，去年都跟静枝女士说以后别搞了。"

"不是挺好的嘛，给你过生日，你还抱怨。"

"我哪有在抱怨，只是不想让大家这么费心。"

聚会的最后，静枝拿出了给桂子准备的生日蛋糕，看来是特别定制的，上面还附着写有祝福的巧克力。

虽说是意料之中的事，但成年人还是会表现出惊喜的模样，大家也都心照不宣。合影留念也一样，都只是做做样子。

之后，有两个人悄悄送上了生日礼物。当场不便拆开，不过从包装盒的形状来看，樱木千鹤送的多半是手帕或者丝巾，不是香奈儿就是爱马仕的。

另一个人是栗原由美子。她送的东西盒子也不大，但有点分量。估计是香水，牌子也无非是香奈儿、爱马仕这些。

当然，桂子并不介意。看来大家都明白，与高塚家打交道，相比丈夫，讨好她才更重要。

高塚家到了。刚下车，俊策就说感觉没喝尽兴。"换个地方接着喝。小坂你也想喝点吧？"

"现在吗？可以啊，去哪里？"

"车站附近有家不错的店，好像会营业到夜里一点。桂子，叫辆出租车。"

"这个点叫车，我觉得一时半会儿叫不到。"

"总之先叫叫看。"

真是的，桂子在心里叹了一声，拿出手机。这时，七海和海斗回来了。

"怎么了？"七海问。

桂子正要回答，突然有了个好主意。"对了，不如就让七海送你们过去。那边是车站附近，回来时应该能叫到车。"

"这主意好。"小坂抢在俊策前接过话，向七海说明了情况。

"行，我送你们去。"七海听明白了。

"这样确实省事。"俊策满意地点头，"好，那就这么定了，麻烦了。"

七海从小坂那里接过车钥匙，把手放在一旁呆立着的儿子的肩上。

"听到了吧？妈妈去送送他们，你先回房间睡觉。"

海斗轻轻"哦"了一声。

三人分别坐进驾驶座和后座，七海发动汽车，向外驶去。桂子目送他们出了院子，对海斗说"进去吧"，接着向玄关走去。

朋香一家离开山之内家时将近十点半。
走在前面的正则深深舒了口气。"今天喝了不少啊。"
"算是尽到人情了。"由美子语气冷淡，"跟这些邻居来往真不容易。"
"不过，跟那个小坂相比，还算轻松。他们夫妻俩一直忙着给大家烤肉烤蔬菜的，都没吃上两口。"
"我听千鹤夫人说，那个小坂之前在高塚会长手下做事，后来给竞争对手挖了墙角，可没想到跳槽的那家公司居然破产了。一家人走投无路时，高塚会长主动把他喊了回来，所以他才抬不起头来啊。不过是当一回烧烤师傅，就忍着吧。"
"我也听说了。不过，关键其实在于桂子夫人。就算会长同意，要是夫人不点头，小坂想回去也难。"
"何止是难，根本没希望。她装出一副慈悲的菩萨模样，实际上是个幕后女皇，可记仇了。"
"这个嘛，人就是这样的。"
"没错，是人都有另一副面孔。"
是这样吗……朋香听着父母的对话，想起高塚桂子的脸——听到卢比死了，她面露悲伤，眸子有些潮湿。接着，耳畔又响起她那温柔含笑的声音：神明不会给人无法通过的考验……
"对了，你送了什么礼物？"
"潘海利根的香水。"
"这是什么？不是爱马仕之类的吗？"

"那些太普通了，潘海利根可是英国皇室御用品牌。这样一来，说不定她还会再介绍点客人过来。"

"要是有这么容易，就不用愁了。"

"话虽如此，但如果不提前铺好路，肯定连希望都没有。"

"这倒也是。"

很快，他们到了家。刚要去开正门门锁，正则惊讶地歪了歪头，说："咦？好奇怪啊……"

"怎么了？"由美子问。

"门没锁。"

"怎么会？出门时忘了吗？"

"不可能啊……"正则面色凝重地开了门。

朋香跟在父母后面，穿过玄关走进家里。正则小心翼翼地打开客厅门。

"什么情况？"由美子在正则身后问，意思是家里有没有异样。

"看起来没什么……"正则走进去，环顾四周，"不过，可能还是跟保安公司确认一下比较好。"

"真是的，怪瘆人的……"

"保险起见，我去二楼看看。"正则说着上了楼。

樱木洋一放下酒杯，长长地呼了口气。"给我再来一杯吧。"

的场答应着，将杯子拿过来，从冰桶里取了冰块放进去，倒入苏格兰威士忌，然后用搅拌棒搅了搅，放到洋一面前。

"我从理惠那里听说，你对应用人工智能这个事很积极啊，好像是说，你觉得我们医院在这方面已经落后了？"

"没有,我只是说起步晚了可不太好。"

"'应该先从内科开始',你不是这么说的吗?'只要导入对话式AI,就能减轻内科医生三分之一的负担'之类的。"

"我认为我说的是事实。"

"哦?我倒是觉得,你是想从自己这块开始试行,之后就可以掌握主导权了。"

"当然,这方面的打算也是有的。毕竟我也有野心。"

听了这个回答,洋一意味深长地笑了起来。"偶尔也要吐露一点儿心声是吗……不过没关系,不管怎么说,能让理惠也关心起医院的将来,确实了不起,就算她只是从你这里现学现卖——哦,应该说是受了你的诱导才对。"

的场还没有迟钝到听不出话里的讽刺,一时不知该如何接话,只好勉强笑笑。

的场坐在露台的桌子旁,陪着未来的岳父。从聚会回来后,洋一邀他再小酌一杯。理惠原先也在,说要去洗澡便离开了。接着洋一就说起了这些话,好像一直在等理惠走开一样。

"说起来,那个男人也谈到了人工智能。"

"谁?"

"就是山之内女士的侄女婿,是叫英辅吧。"

"他说什么了?"

"他说,在照着处方配药这件事上,药剂师是怎么都比不过AI的,毕竟AI背后是庞大的数据库。不过他说,即便如此,药剂师也永远不会被AI完全取代。我问他为什么,他说因为AI不会'多管闲事',比如留意医生和患者没有说出口的东西,担心患者的身体状况，还有提出预防建议等等。而且就算 AI 问患者最近身体如何，患者也很难回答。药剂师则不同，可以在与患者的闲聊中发现异常，并适时地建议他们服药。这些确实可以算'多管闲事'，却可能对患者的寿命产生很大影响。我听了之后感到很敬佩，大概这就是他身为药剂师的行事准则。"

"是吗，他还聊到了这些……"

洋一恐怕是想问他作为医生又有何准则。但的场选择了缄默。他毫无与药剂师一较高下的意思，也实在没想到竟然会被拿来比较。

洋一喝了口酒，打了个大大的哈欠，按着眼角。"酒劲有点上来了，你去跟千鹤说让她冲一杯咖啡，行吗？"

"好的。"

的场站起身，打开玻璃门进了屋。千鹤正坐在客厅的沙发上看平板电脑。

"院长想请您冲一杯咖啡给他。"

千鹤稍有些不悦，放下了平板电脑。"困了就赶紧去睡嘛。"说着她站起来，向厨房走去。

的场出了客厅，来到走廊上。这里有两扇并排的门，近的通往洗手间，再前面的是浴室。

的场打开浴室门，灯亮着，但磨砂玻璃后面看不到人影，脏衣篮也是空的。

他打开淋浴间的门，里面果然空无一人。地面是湿的，理惠应该洗完澡了，可能正在房间里护肤。

的场发现，浴室的窗微微开着，可以从窗缝看到月亮。

在洗手间小解完，的场准备回客厅，刚来到走廊上，便听见一声惨叫划破夜空。

从钻进被窝到现在,已经过了多久呢?朋香伸手准备去拿手机,又想起之前把手机放在桌上了,不在枕边。她懒得起床,就作罢了。

从刚才起就一直听到警报声。不知是救护车还是警车发出的,她还从没想过这两者的区别。

正门没锁的原因最终也没弄清楚。房子里没有外人闯入的迹象,其他门也都锁得好好的。正则不禁疑惑,是不是自己真的忘记上锁了。

叮咚——门铃响了,是玄关的对讲机那儿传来的。

朋香屏住呼吸,铃声再次响起。大半夜的,有什么事会让人来按门铃呢?

接着就听到窗外的说话声,有人进了院子。

朋香起身,在睡衣外面罩了件粉色卫衣,走出房间。她来到父母的卧室外,打开了房门。

两人不在床上。

突然,朋香听到外面有谁在大声叫喊,是男人的声音,不止一人,而且离得很近。

朋香走到玄关,提心吊胆地开了门。

果然有人在院子里。是几名男子,其中还有警察。

一个穿西装的大个子留意到了朋香,跑了过来。

"你是这家的孩子吗?"他眼睛通红,口气严肃。

朋香只能用微弱的声音应了句:"是的。"

"你先前在哪里？"

"在房间里睡觉。"

"家里还有其他人吗？"

"爸爸妈妈应该也在，但刚刚找了圈没看到……"

男人脸上浮现出几分痛苦的神色，说："请跟我来。"

"去哪里？"

"就是那儿……车库。"

看到男人迈开步子，朋香决定跟上去。周围其他人没有动作，朋香感觉他们好像在刻意不去看她。

车库入口也有几个人，看到男人和朋香过来，让出了道。

朋香被催着走进车库，只见地上铺着蓝色塑料布，似乎是为了盖住什么东西。

"我们进来时，有两人倒在地上，是一名男性和一名女性。我想请你辨认一下他们的脸，可以吗？可能——"男人舔舔嘴唇，再次开口，"可能是你的父母。"

嗡——耳鸣猛然袭来。朋香脑海中不断涌现各种念头，然后又不断消失。很快，大脑变得一片空白。

"嗯。"朋香回答。

男人掀起了蓝色塑料布。

5

男子来到鹤屋HOTEL的主餐厅时,晚市刚开始一会儿。他留着齐整的短发,身穿铅灰色西装。服务员将他带到七号桌。他看起来二十五六岁,尽管努力表现出成熟稳重的样子,但从纤细的脖颈和充满光泽的皮肤来看,显然还很年轻,也并不像惯穿西装的样子。想必是为了到高级餐厅吃饭,特地收拾了一番。

最近客人独自来用餐已经不是什么稀奇事了,他们的目的是收集可以发在社交平台上的素材。因此,在吃之前,这些客人一定会给食物拍照,边吃还要边做笔记,有的甚至会对着录音设备自言自语,之后再整理成文字材料。

年轻男子看了菜单后,点了一份"鹤屋特别晚餐"。这个套餐再现了鹤屋创立之初首任主厨的得意之作,单人份的价格为二万五千日元。不过是为了在社交平台上发东西,居然这么舍得——服务员一边想着,一边低头说:"好的,请稍候。"

"还有,"男子补充道,"来点配餐的葡萄酒。"

"那我去叫侍酒师过来。"

"嗯,去吧。"男子一派气定神闲。

这小子真能装腔作势啊,服务员心想。看着要比自己还小五岁,真让人不痛快。

跟侍酒师说过后,服务员将客人点的单告知厨房。这时,餐厅经理愁容满面地走了过来。

"这下糟了,又有人取消了。今晚已经是第三桌了,看样子还会继续有人取消的。"

"受案件的影响?"

"应该是吧,毕竟发生了那样的事,一般人都会想要赶紧回去。我们也知道情况特殊,不好说什么。"

所谓"那样的事",指的是深夜里发生的凶杀案。别墅区里接连有人被杀,被害人据说有四五名,甚至可能更多。凶手目前仍未抓到,说不定还藏在这一带。

"别墅区里的连环杀人案,简直就像恐怖片一样嘛。"

"现在可不是说这种闲话的时候。要是抓不到凶手,就没有客人来了。这是生死存亡的问题啊!"秃头经理愁眉苦脸。

给七号桌上的第一道菜是鸡尾酒虾配鱼子酱。服务员布菜时,侍酒师也来了。看来男子要的是白葡萄酒蒙哈榭。

男子拿起叉子,毫不犹豫地吃起来。服务员有些惊讶。还以为他肯定会拿出手机拍照呢,难道并不是为了收集社交平台素材来的?

服务员在工作区待命时,侍酒师也回来了,服务员问是不是他推荐的蒙哈榭。

"我推荐的是桑塞尔。但他问店里有没有蒙哈榭,我说有,他说那就拿这个来。"

"这两种酒的价格可差远了啊。"

"蒙哈榭是桑塞尔的三倍不止。不是挺好的嘛,只要有钱,随他想喝什么。"侍酒师耸耸肩。

下一道菜是蜗牛烩蘑菇派。服务员端过来时,男子正像喝水一样,咕嘟咕嘟地往嘴里灌着白葡萄酒。菜摆好后,他还是没有拍照就直接开吃了。

接下来依次上了法式鸡肉冻、法式清汤和生煎三文鱼,男子再次让服务员叫来了侍酒师。

侍酒师从七号桌回来时,满脸写着震惊。"我真服了,他问有没有玛歌酒庄。"

服务员瞪大眼睛。这酒的价格应该不低于二十万日元。

"然后呢,你怎么回答?"

"当然是如实回答,确实有嘛。他又说,拿一瓶。我就答应着出来了。"

"了不得啊,是哪家的有钱少爷吧。"

"可看着也不像啊。"

七号桌的主菜是黑毛和牛铁板菲力牛排。男子一边咀嚼一边就着玛歌红酒把肉咽下。他酒量似乎很好,脸色没有丝毫改变。服务员来撤盘子时,红酒瓶几乎已经空了。

餐后甜品是苹果可丽饼配香草冰激凌。服务员正准备咖啡,男子停止了用餐,问:"这家店的负责人是谁?"

有种不好的预感,总不会是因为菜好吃所以想表达谢意吧。

"经理在的,请问您是有哪里不满意吗?"

"不是，只是有些话要说，可以叫他来一下吗？"

"好的。"

服务员回到工作区，向经理说明了情况。

"什么啊，要投诉？"经理皱紧了眉头。

"他说不是……"

"谁知道。算了，总之先听听他要说什么，你也一起来。"

两人来到七号桌旁，男子在喝咖啡。甜品已经吃完了，盘子上放着一块叠好的餐巾。

经理热情地笑着做了自我介绍，问："请问您感觉今天的菜品如何？"

"嗯，相当不错，不愧是鹤屋HOTEL。"

"谢谢您的夸奖。"

"特别适合当最后的晚餐，我很感谢。"

听了男子的话，经理似乎有些不知所措，没有作声。估计是不明白所谓"最后的晚餐"是什么意思。当然，服务员也是一头雾水。

男子哈哈干笑了几声。"这么说确实只会让人困惑，不好意思。其实，我有件事想拜托你们，可以吗？"

"请问是什么事呢？能帮上忙的话，我们一定尽力。"

"很简单，我想请你们现在就去联系警察，让他们赶紧过来。"

就连站在后面的服务员也感觉到了经理的紧张。

"联系……警察？"

"没错，请报警。啊，别误会，饭钱我会付的。最后的晚餐要是霸王餐，也未免太凄惨了。"

"那为什么要报警？"

"当然是因为，我犯了罪啊。你们也听说别墅区发生的凶杀案了吧？凶手就是我哦。"

这番话太过轻描淡写，服务员一时间都没能理解。经理似乎也一样，过了一会儿才用颤抖的声音问："您在说笑吧？"

"没有说笑，这就是证据。"

男子将盘子上叠着的餐巾展开。

出现在眼前的，是一把染血的刀。

6

东京，新桥。

金森登纪子将鲜橙黑加仑端至唇边，看着液晶显示屏，突然笑起来。

"怎么了？"春那问。

登纪子皱了一下鼻子。"我在想上次进卡拉OK是什么时候的事。年轻时，每次大家聚餐后都一定会去唱歌。现在就连流行什么歌都不知道了。"

"我也是，好久没来了。你说让我预约一家卡拉OK时，我都不知道该约哪儿好，纠结了一番。"

"不好意思。那个人说希望找一个不用顾忌他人的地方，我一下想不到合适的，他便提议来卡拉OK。我心想，啊，确实不错……"

"我也觉得这是个正确的选择，在这里感觉可以安心地谈事情。"说完，春那抬眼看向登纪子，"呃……那个人对案子了解多少呢？"

"这个嘛……"登纪子想了想，"我没跟他说得很具体，只是介绍了一些你的情况。但他是个很谨慎的人，可能自己也做了点调查。不过，这毕竟是别的县的案子，他虽说是警察，到底能调查到什么程度就不知道了。"

"抱歉，"春那低下头去，"我拜托的事好像很棘手。我有点后悔，当时也许不该提出来的。"

"没事，为了可爱的后辈，这不算什么。"

"太感谢了。"

"不要这么见外哟。"

门开了，一个穿着深色西装的高个子男人探进半张脸。

"啊，你来了。"登纪子抬头看去，"这里好找吗？"

男人苦笑着走进来。"这一带对我来说就像自家院子一样，闭着眼睛都能找到。"说完，他很快恢复了严肃的神情，向春那微微点头致意。

春那也赶紧站起来。

"介绍一下。"登纪子缓缓起身，用右手示意道，"这是鹫尾春那小姐。"接着又转向春那："这位是加贺警官。"

男人从西装内侧口袋掏出名片，递了过去。"我是加贺，请多关照。"

春那也打开包，从钱包里拿出名片。她很少用到，但还是做了些。

"也请您多多关照。"二人交换了名片。

男人的名片上印着"加贺恭一郎"这个名字。看到他供职于警视厅刑事部搜查一科，春那有些紧张。

"金森小姐和我说了一些情况。听说您卷入了那起可怕的案件，我很惊讶。逝者已矣，请节哀顺变。"加贺面色沉痛，看得出来，他来此的心情并不轻松。

"这次请您专门跑一趟,真是太不好意思了。"春那说,"刚刚我还在向登纪子前辈道歉,实在是没想到会劳烦到在职的刑警。"

"这是我的主意,不怪春那你呀。"登纪子噘了噘嘴。

"不管怎么说,还是添麻烦了……"

"鹫尾小姐,"加贺认真地看向春那,"要是觉得麻烦,我就不会来了。听金森小姐说了这件事后,我就希望能帮上点什么。这么说可能不太合适,但作为一名警察,我对这起案件也非常感兴趣,毕竟是一桩轰动社会的大案。"

"您能这么说,我心里稍微轻松了一些。"

"总之先坐下来吧,站着也没法儿好好聊。加贺先生也请坐。"登纪子说。

见加贺坐下,春那也坐了回去。

"要不要叫点什么喝的?"登纪子问。

"不用了,先说正事吧,时间宝贵。"加贺从内侧口袋掏出记事本,"既然寒暄过了,我们就进入正题?"

登纪子睁大眼睛询问似的看向春那。春那说:"请开始吧。"

加贺打开记事本。"媒体已经大规模报道了这件事,资讯节目也多次提及,周刊杂志等也刊登了相关文章。所以,即便是我这样的局外人,在网上稍微查了一下,也获得了相当多的信息。不过,这类信息向来真假难辨,并不能完全相信。那么,能不能当我对这起案子一无所知,请您从头开始讲一遍呢?不需要想象和推论,只用告诉我当时您看到、感受到的东西就可以了。"

"从头开始吗……"

春那有些困惑，所谓"从头"，究竟该从哪里开始呢？她向登纪子投去求助的目光。

"要不就从为什么会去那里旅行说起？"登纪子建议，"从去年开始，这是你和英辅先生第二次去那边吧。"

"是的，姑姑说今年也要办例行的聚会，就邀请了我们……"

"姑姑是指山之内静枝女士吗？"加贺看着记事本说。

"嗯，她是我父亲的妹妹。"

静枝并非案件的直接被害人，姓名应该没有出现在新闻报道中。但网上有人找出了相关人员的信息，并传播开来。加贺之所以会知道她的名字，想必也是因为看到了这些。

"那个例行的聚会，去年你们也参加了？"

"是的。"

"那么，就从那个时候说起，可以吗？"

春那应了声"好的"，将手伸向正在融化的冰红茶。说来话长，有必要先润润嗓子。

前年秋天，春那和鹫尾英辅在东京举行了婚礼。当时出席的静枝盛情邀请二人去她家玩。

静枝的丈夫是个很成功的房地产商人，但在查出胃癌后，治疗无效，于六年前过世了。即将四十岁的静枝成了寡妇。丈夫的七七法事过后，静枝处理了港区的房产，搬到别墅区的住宅。反正也没有孩子，与其独自在城里生活，她宁愿在空气清新的地方，享受着陶艺和绘画的乐趣度过余生。

春那对那栋别墅也很熟悉。儿时，父母带她去过几次。那附近有个著名的高尔夫球场，静枝的丈夫是会员，春那父母也很喜欢打高尔夫，做客期间总是流连在球场上。静枝不打高尔夫，春那就和她待在家里。倒也不无聊，两人做做烘焙、学学陶艺，乐在其中。

长大以后，春那渐渐就不太去姑姑家的别墅了。再之后，静枝的丈夫病倒，就更不是去那里的时候了。

因此，带着英辅再次造访这座宅子时，除了怀念，春那还感到一丝紧张，就怕儿时的记忆被过度美化，万一幻灭了……春那有些不安。

然而，真的来了以后，她发现自己多虑了。不管是美丽的街景还是澄澈的空气，都与记忆中相差无几。甚至，从山之内家的这栋建筑里，她还感受到一种从前没有意识到的厚重感。

只有一点稍有不同，那就是静枝有了新的交际圈。因为定居在这里，她跟周围的别墅业主都很熟络。开车出去时，不管遇到谁，她都会打个招呼。据静枝说，这几年一起办烧烤聚会已成惯例，各家都会以此为前提来安排度假计划。

春那和丈夫也参加了聚会。与不太熟的人一起吃饭难免有些紧张，不过只要有人找她聊天，她都极力表现得亲切友善，尽量融入进去。各家从事的行业和生活圈子不同，但共同点是都很富有，聊的话题也大多意趣盎然，并不觉得无聊。

"今年七月底，姑姑时隔许久联系了我，说是一年一度的聚会定在八月八日，问我要不要去。正好也没有别的旅行计划，我就跟丈夫商量，决定过去住一晚。"

"也就是说，你们到别墅区是八月八日当天？"

"是的，午后到的。聚会在晚上六点开始——"

"稍等。"加贺伸出右手,"从抵达山之内家到聚会开始的这段时间里,您和您丈夫在哪里,做了什么?"

"这个……当然是在姑姑家休息。"

"具体来说呢?"

"具体?"春那云里雾里,"呃……这和案件有关系吗?"

"还不清楚。"加贺马上回答,"也许没有,我只是想先问问。"

"这就是加贺先生啊,"登纪子插进来解释,"无论多么细微的事,都要先问个明白,对吧?"

"抱歉。"加贺有些不好意思地低下头,"如果不方便告知,不回答也没关系。"

"没什么不方便的。"春那摇摇头,"到姑姑家后,我们休息了一会儿,就开始帮她做聚会的准备。聚会场地在后院,所以要摆放桌椅、安置烤炉等等。后来,姑姑让我去采购了一些食材和调料,顺便去取之前订的蛋糕。我大概是五点半回去的,之后就一边继续准备,一边在后院等着大家来。"

加贺在记事本上写了点什么后,抬起头:"参加聚会的人都有哪些,可以告诉我名字吗?我已经掌握了一部分,但还是想确认一下。"

"好的。嗯,首先是姑姑和我,还有我丈夫……"

春那回想着每个人的面孔,逐一说出名字。有些不知道全名或者只知道读音的,她也相应做了说明。

说了十五个名字后,春那表示,她能记得的就是这些了。

加贺会意,点点头:"谢谢,我根据刚才说的整理了一下。有没有什么错误?"

他说着在春那面前打开记事本，只见上面写着：

山之内家　山之内静枝　鹫尾春那　　鹫尾英辅
栗原家　　栗原正则　　栗原由美子　栗原朋香
樱木家　　樱木洋一　　樱木千鹤　　樱木理惠　的场雅也
高塚家　　高塚俊策　　高塚桂子
　　　　　小坂均　　　小坂七海　　小坂海斗

看着记事本上字迹端正的名单，春那点了点头："没错。看来小坂一家的名字，您也已经调查过了啊。"她只知道这家人姓小坂。

"不是什么费力的事，刚才我也说过，只是在网上稍微查了查。换句话说，个人信息已经在网上泛滥到这个地步了。"

的确如此。春那再次感到自己身处的世界有多可怕。

"聚会是什么样的？"

对于加贺的问题，春那又一次感到为难。或许这个人喜欢这样模糊地提问。

"就是常见的那样，大家一边吃烧烤、喝酒，一边聊天。"

"只是这样？"

"您的意思是……"

"比如说，有没有大声唱卡拉OK，或者弹奏乐器之类的？"

"没有。"

"那比较特别的活动呢？比如放烟花。"

"没有。"春那否认道，"只是搞了个生日惊喜。高塚夫人的生日在八月份，所以姑姑提前准备了蛋糕。"

"就是您前面说的,去采购时顺便取的蛋糕?"

"是的,在聚会快结束时拿了出来。"

"寿星应该挺开心吧。"

"嗯,她确实很高兴。"

"聚会中有没有发生什么不太寻常的事?小事故,或者说小插曲,总之是计划外的事。"

"这个……应该没有。"

"聚会是几点结束的?"

"晚上十点左右,不过大家留下来帮忙收拾,快到十一点才各自离开。"

"明白了。"加贺用圆珠笔飞快地记着,然后神情严肃地看向春那,"可以接着说说聚会之后的事吗?不需要特别梳理,不按时间顺序说也不要紧,但请尽可能地多讲一些细节,会很有帮助。"

加贺这么说显然是在照顾春那的心情,担心她回想起之后的事会痛苦。

"没问题。"春那说,"这些话我已经向警方说了好几次了。我不知道是否足够有条理,但应该没有混乱的地方。"这么说着,她又拿起冰红茶的杯子。

收拾完毕,送客人离开后,春那和英辅一起回了房间。卸妆洗脸后,她便躺到床上。不过,她并不打算马上睡觉,只是想休息一会儿。

但她似乎还是打了个盹。回过神来时,她听到远处传来警笛声,才意识到刚才睡着了。

接着,她发现英辅站在窗边,正盯着外面看。

"怎么了?"春那问。

"你醒了啊。"英辅微微一笑,"我想你应该很累了,还准备让你就这么睡下去呢。不过现在这样,确实会被吵醒。"

"是不是发生了什么事?"

"不知道。"英辅摇了摇头,"听声音,好像不单是警车,救护车也来了。"

"哪家出事了吗?"

"感觉离得挺近的。我去看看怎么回事,有点担心。"英辅走出房间。

春那从床上起来,看了看窗外。外面一片漆黑,完全看不出来发生了什么。

她也出房间下了楼。静枝正把手电筒递给英辅。

"英辅,要不还是算了吧?"春那说,"外面不知道是什么情况,太危险了。"

"就是因为不知道,才要去看看嘛。"英辅一笑,"要是看到警车,我就问问他们是怎么回事,仅此而已。"

"真的不要紧吗?"

"没事的。不过还是注意锁好门。"后面这句是对静枝说的。静枝应了声,点点头。

送英辅出去后,春那到餐桌旁坐下。静枝给她沏了花草茶,她就喝着茶等英辅回来。

"他会去哪里呢?"

"不清楚……他跟我说的是,去周围转一转。"

不知何时起，鸣笛声渐渐听不到了。也许是骚动平息了。

春那看了眼墙壁上的钟，从英辅出去到现在已经有十五分钟了。

"英辅怎么去了这么久？"静枝说，"希望不要有什么事才好。"

春那拿起手机，给英辅打了个电话，但一直没接通，只传来嘟嘟的响声，听起来也不像关机或者没信号。

不安顿时涌上心头。春那又试着给他发消息，但消息一直没变成"已读"状态。

春那如坐针毡，起身道："我去找他。"

"等等，还是我去吧。"静枝说，"你就待在这里，外面黑漆漆的，迷路就糟了。"

春那焦躁不已，但静枝说的也对。"姑姑，你打算去哪里找他？"

"总之，我先去栗原家看看，说不定他们知道些什么。"

静枝披了件薄开衫，拿着手电筒走了出去。春那呆呆地想，住在这一带的人，家里需要好几支手电筒吧。

只剩自己一个人了，春那愈加忐忑，给英辅又打了几个电话，但依旧没人接。他现在到底在哪儿呢，为什么不接电话？

或许是因为身心疲惫，春那想躺一会儿，就上楼回到房间。上床前，她走到窗边，准备把窗帘拉上。

就在这时，眼角捕捉到了一丝微弱的光芒。

春那好奇地注视着那光芒，下一秒，心脏猛烈地跳动起来。有人倒在了后院里。

她冲出房间，飞快下了楼，跑向后门。

春那打开门走出去，看到的是一动不动倒在那儿的英辅。他手中握着手电筒,身上插着一把刀,衬衫上满是鲜血。

大脑一片空白。春那开始呼喊丈夫的名字。

"那之后的事情,其实我记得不是很清楚。当时我六神无主,慌张极了,只记得自己在喊叫……不知是什么时候,姑姑来了,紧接着她从后院向外跑去,刚出院子就开始大声呼救。几个警察闻声赶来,一看到英辅就骚乱起来,说'这边也出事了'。"

"这边也出事了——也就是说,他们已经在别的地方发现了被害人?"加贺问。

"是的。"春那回答道,"据说是离得很近的别墅里也发生了案件,警方和消防都接到了报案。之前听到的鸣笛声,就来自路上行驶的警车和救护车。不过,当时我根本顾不上这些。"

春那叹了口气。即使现在回想起来,她还是难以相信那天发生的事是真实的。

救护车很快也来了,把英辅送去了附近的医院。当然,春那也跟了过去,心中充满了绝望。

抵达之后,医院却没有实施抢救,因为英辅已确认死亡。

悲伤和疑惑交织在一起,春那无法相信这种事竟会发生在自己身上,脑海里一片混乱。即便如此,警察还是不知从哪里冒了出来,问了她许多问题。面对这样一位刚失去丈夫的妻子,警察的态度里看不出丝毫的体恤,简直像在逼问一样,拼命想从她口中挖出线索。

"等我回过神,已经躺在姑姑家里了。应该是姑姑来医院接我回去的,说我在和警察谈话时因为贫血晕倒了。那天上午母亲也从东京赶了过来，不过我连说话的力气都没有了，也没能下床。"

加贺朝着春那，挺直了背。"太不容易了，谢谢您愿意告诉我这些。对于您丈夫，我感到非常遗憾，希望他能够安息。"

春那默默低下头。这两个月来，她已经完全习惯应对这些哀悼之词了。

"请问您是在什么时候、通过什么方式知道，除了您丈夫以外，还有其他被害人的呢？"

春那一时间答不上来，轻轻摇了摇头。"樱木先生和的场先生被刺的事，我想是听警察说的。至于其他人，说实话，我已经弄不清到底是什么时候听谁说的了，毕竟太错综复杂了……但是，发生了非常恶劣的重大案件，这点我是知道的，以及，我丈夫也是被害人之一。"

加贺点了点头，看向记事本。春那说话时，他一直在做笔记，但春那不知道他究竟留意了哪些部分，认为哪些东西更重要。

"可以问一点儿凶手相关的事吗？"加贺小心翼翼地问。

"可以是可以，"春那垂下眼帘，"但我想我应该没什么能回答的。"

"没事，我只是问问看。您认识那个叫桧川大志的人吗？"

春那做了个深呼吸，缓缓摇了摇头。光是听到这个名字就已经让她痛苦。"警察也问了好几次，还给我看了照片。但我完全不认识这个人。"

"名字也没听过？"

"是的。"

"桧川的母校、打工的地方，我想警方应该也问过您这些。也没什么头绪吗？"

"没有。其他人也是这么说的吧?为什么还要一次又一次、反反复复地问同样的问题?好烦啊!"春那忍不住提高了声音。不过,她很快反应过来,眼前的这位并非负责本案的警察,赶紧向加贺道歉:"对不起,找您帮忙,还对您说了这么失礼的话……"

"我很理解您的心情。"加贺语气温和,"我不是要袒护当地警方,但想必他们也是为了破案绞尽脑汁,才会这样。因为就算已经知道凶手是谁,不弄清案发经过的话,也是无法将其移送检方的。"

"这一点我也明白,但因此就把问题强行扔给我们,我们也很困扰。"

"您说得没错。这也说明警方已经被凶手耍得团团转。哦,不——"加贺微微侧头,"或许应该说,现在仍被凶手牵着鼻子走。"

"凶手……那个叫桧川的人,到底在想什么呢?"

"不清楚,也许真如他所说,什么都不记得了。"

"但是,做了那样的事,怎么会不记得呢?"

"也可以认为,正因为精神不正常,才会做出那些事。某些精神科医生也是这样评论的。"

听了加贺的话,春那陷入了沉默。她伸手去拿杯子,但发现已经空了。

这起惨烈的别墅区杀人案,凶手以一种匪夷所思的方式出现了。一名男子在老店鹤屋 HOTEL 的餐厅用餐后,叫来了经理,声称自己杀了人,让他们去报案。餐厅经理难以置信,男子便将放在甜品盘上的餐巾打开,里面赫然出现了一把带血的刀。

警察接到报案后立刻赶来,以违反枪支刀具管制法为由,当场逮捕了这名男子,并将他带回警局。该男子名叫桧川大志,住在东京，二十八岁，无业。

桧川供称自己是别墅区杀人案的凶手，并坦白了犯罪动机——因为感觉不到活着的意义，所以想被判处死刑，并借此报复蔑视他的家人。可以说极其任性自私。

警方对刀具进行分析后，确定上面的血属于栗原正则和栗原由美子。物证、动机、口供都齐全，照理说案件到此就算解决了。但接下来的事却出乎警方的意料。对于案件的细节，桧川什么都不肯说。不管审讯的警察怎么问，他都只回答"任凭想象"。将他的话总结一番，大概就是，他只是为了能判死刑，因此杀谁都无所谓，见人就捅，至于在什么时候杀了谁，已经说不清楚了。

"加贺先生，"登纪子问，"凶手承认了罪行，但不说具体怎么实施的，这种情况是不是很少见？"

"也不算少见。如我刚才所说，人在杀人时精神状态与平时是不同的。很多嫌疑人会声称，因为行凶时处于失去自我控制的状态，所以记不清楚。但即便如此，他们还是愿意去回忆的。大部分情况下，嫌疑人记忆有偏差，或者出现前后矛盾，警方也可以通过反复盘问，最终得出一个合理的结论。来自首的嫌疑人通常都很配合，桧川大志却不同。也许因为他本身就想要死刑，所以哪怕在审理中案件的走向对他不利，他也不在乎。从这一点来说，倒确实比较罕见。不过，就算嫌疑人不开口，也并非无法查清案件。当嫌疑人否认行凶或者保持缄默时，警方会根据物证或间接证据去推断案发时的情形。这就是警方的工作。这次的案件，他们应该也做了非常细致的现场勘验。"

"我听姑姑说了，"春那说，"他们封锁了道路，阵仗相当大，给居民带来了很多不便。但姑姑说，如果这样能破案，就先忍忍好了。"

加贺打开记事本。"案件发生一周后，警方将桧川以杀人罪送检了，但本案究竟是否已完全侦破，没有明说。"

"案情似乎最终也不明朗。"春那说，"据说，桧川目前在鉴定留置①中。检方审问时，他似乎也一声不吭，检方决定先对他做精神鉴定。听说这是为了争取时间采取的手段，他们大概是觉得，就算最终要起诉，也要先将案发经过查清楚些。"

"真是不可思议，为什么会这样呢？"登纪子不解，"不是已经做了那么多现场勘验，怎么还会弄不清案发经过呢？"

"说真的，我感到很崩溃。"春那说，"对家属来说，凶手是谁其实不重要，我只想知道这样的事究竟是怎么发生的。"

"所以你们才决定自己开查证会？"

"对。"春那看着加贺答道，"一周前，姑姑联系了我。"

据静枝说，提议者是高塚俊策。他专程上门来，说想和这起案件的相关人员碰头讨论一下。高塚请认识的律师调查了检方的动向，发现他们目前仍未弄清案件的来龙去脉。就这么开庭的话，若桧川到时依然拒绝供述，那么即使法院判了死刑，最终也无法真相大白。高塚觉得，无论如何都要阻止这样的事发生。

"他非常希望春那你也能参加讨论。你觉得呢？要是不愿再去回想，也不用勉强。"

虽然静枝是好心，春那还是立刻表示愿意参加。

那天晚上发生的事给她的打击太大，同样的话也已对警察说了

---
① 为了判断嫌疑人、被告人是否具有刑事责任能力，将其留置于医院等机构中，对其精神状态和身体情况进行评估鉴定。

很多次，早就深深烙印在了脑海中，就算想忘也忘不掉。但其他人身上发生了什么，她至今一无所知。负责了解情况的警察几乎是纠缠不休地询问各种细节，但对她提的问题却概不回答，只用一句"侦查机密"就打发了。

没多久，静枝再次联系春那，告诉她其他遗属也都同意了这件事。这时，静枝第一次说出了"查证会"这个词。这似乎也是高塚的提议。

之后，经过一番商议，查证会的日子终于定下了。另外，虽然让外人来凑热闹不好，但也有必要听听更客观的意见，所以每家最多可以携带两名同伴，尤其欢迎专业人士参加。

春那毫不犹豫地跟金森登纪子说了此事。登纪子也是护士，和春那在同一家医院，是她的前辈，向来沉着冷静，无论在多么紧迫的情况下都能做出理性的判断，让春那打心眼里敬重。

登纪子爽快地答应了，不过有一个建议，说想再带一个人来。对方是警视厅搜查一科的警官，极具慧眼，他的看法很值得一听。而且，他正好在休长假。

"据说是上面要求他们，超过一定工作年限后，就必须休假一个月。他在短信里也说现在无事可干，所以我想，只要拜托他，他会愿意同行的。"

春那从登纪子那里听过好几次这位警察的事了。他是登纪子曾看护的患者的儿子，因为这层关系，登纪子也找他商量过一些私事。春那听她带着几分抱怨地说着那些，心里猜到她对此人多半是有好感的，只是没想到这次她居然提议带上他一起。不过，春那没有理由拒绝，就答应了。

这个男人就是加贺。经过刚才的一番对话，春那明白了登纪子为什么要带他来。这个人不仅头脑清晰,而且会为他人考虑,十分和善。想必他也很擅长洞察人心。

"情况我已经清楚了。"加贺合上记事本,"我愿意去参加查证会。"

"这样我就安心多了,非常感谢。"

"春那,太好了!有他在,你就放一万个心吧,他一定会查清这个荒唐的案子到底是怎么回事——加贺先生,对不对?"

加贺没有回答,只是抱着胳膊,眼神犀利地看向上方。"查明犯罪经过是重要的,但仅仅弄清桧川是如何一步步行凶的,恐怕未必就能看到案件的全貌。"

这个说法似有深意。

"为什么?"春那问。

"盂兰盆节期间,来别墅区的人很多,除了你们,应该也有其他人在办烧烤聚会。桧川大志为什么偏偏选中了你们呢?"

春那心头一惊,这个问题她完全没想过。

"没什么特别的理由吧?"登纪子说,"虽然这么说对春那他们有些残忍,但我觉得只能说是不幸的巧合。那个桧川自己也说了,杀谁都无所谓。"

春那也这么认为。难道还有别的可能性?

"杀谁都无所谓——真的是这样吗?"加贺摸着下巴,"就算真是这样,桧川最终选择了你们,总归还是有什么理由的。或许如金森小姐所说,一切只是不幸的巧合,只是由非常微不足道的小事引起的。但如果这就是一切的起点,我们就务必把它弄清楚。"

7

春那向东京站八重洲中央口走去,一眼就看到了大高个的加贺。他今天没穿西装,换了身登山服。见春那跑过来,加贺双脚并拢鞠了个躬。

"不好意思,久等了吧?"春那调整着呼吸问。

"没事,我也是刚到。"

春那从外套口袋里取出新干线的票:"票给您。"

"谢谢。"加贺接过来,"金森小姐联系您了吗?"

"昨晚给我打了电话,说她父亲身体不大好,必须赶紧回老家一趟。前辈为临时取消的事,反复跟我道歉来着。"

"她跟我也是这么说的,让我按计划和您一起去,您那边她会解释的,所以我就……"

春那仰头直视着加贺:"您不用多虑,登纪子前辈不去虽然有些遗憾,但有加贺先生在,我也就安心了。只要您不会觉得不方便。"

"没什么,之前我也有单独和嫌疑人乘新干线的经历。倒是您这边，如果介意，就尽管告诉我。这是指定席的票吧，要是觉得旁边有人不自在，我就换到自由席去。"

"没关系的，您真的不用费心。"

看了看时间，就快发车了。春那催促着加贺向进站口走去。

来到月台时，列车已经进站，正在做车厢清洁。两人在小卖店买了饮料后，排队等着上车。周六乘客很多，春那原本预约的是三人的连座，取消的那个座位估计也很快就卖出去了。

春那觉得，金森登纪子说突然有事不能去，也许是个借口。但像她这样守信的人，应该不是嫌麻烦，大概是看到那天加贺和春那两人沟通得很顺畅，所以觉得自己不来更好。登纪子前辈是能适时地做出冷静判断的人。

春那用余光瞥了眼身旁的加贺，心想登纪子是对的。毕竟他们不是去玩，考虑到接下来要做的事情，独自和经验丰富的刑警前往显然更合适。要是前辈在，自己肯定会忍不住想依靠她。

车门开了，两人也跟着队列上了车。加贺请春那坐靠窗的位子，她没有推辞。

很快，列车发动了，春那出神地看向窗外，想起这个夏天和英辅一起坐车时的场景。当然，那时根本没想到，两个月后会因为这种原因再次看到同样的风景。

鹫尾英辅是春那她们医院的药剂师，但在工作上和她并无交集。某天，英辅突然来找她，坦白说一直对她很关注，想和她聊聊。春那有点惊讶。

看他这么直接，春那猜想他是那种主动的人。没想到他说至今没怎么和女性交往过，春那再次感到惊讶。英辅身材高挑，五官端正，春那还以为他肯定很受欢迎。

英辅羞涩地说他其实很笨拙，想不到用什么办法来接近春那，索性就不去耍小聪明了。

春那对英辅的第一印象不错，虽然这人完全不善言辞，但和他在一起很开心。春那当时也没有男朋友，两人很快就开始交往。

相处一阵后，春那也渐渐发现了英辅身上的优点。他是个很细心的人，春那稍有变化他很快就会留意到。他为人体贴，言行举止中处处都会自然地为对方着想。

当然，他也有缺点。比如说，太为他人考虑了。想要满足所有人的要求和期待，结果到头来谁都满足不了——他在工作中也常常陷入这样的困境。

不知道和他说了多少遍，可以再稍微随意一点儿的。

"要是做得到，我也就不会这么累了。"英辅每次都这样回答。

"因为笨手笨脚的嘛，是吧？"

"是啊。"

不过，春那就是爱上了这样笨拙的英辅，想要和这个人结婚生子。

向父母介绍了英辅后，父母都很高兴。母亲说："这么优秀的人，亏他能看上我们春那呀。"父亲则夸奖春那"眼光不错"。

春那也去见了英辅的父母，是温柔敦厚的两个人。他们和蔼地接纳了她。英辅的母亲说："挑婚纱的时候可不能随便妥协哟。"春那听了，心中升起一股暖意。

两人一路通畅地走进了婚姻殿堂，婚后的生活也顺风顺水。一切都是那么幸福和充实。

要说唯一失算的事，就是没有生孩子。如果他们有孩子，这个夏天应该会过得不一样。就算姑姑家一带是再有名的避暑胜地，他们也不会去，而是会选择一家三口待在一起，如此也就不会遭遇那些事了。

想到这里，春那叹了口气，摇摇头。多想无用，事实是，没有孩子的他们受邀去了姑姑家。

然后，悲剧发生了，她永远失去了心爱的人。

春那打开包，拿出了手表。黑色表盘、金色指针，是今年春天英辅生日时春那送给他的礼物。在工作中英辅手上不允许佩戴饰物，所以他平时基本不戴这块表。尽管如此，他还是在旅行时戴上了。倒在山之内家后院里时，他左手腕上就戴着这块表。心跳已经停止，指针仍继续走着。

原以为早已流干了的泪再次滑过脸颊。春那取出手帕擦了擦眼角。

"没事吧？"加贺小声询问，看来是注意到了春那的举动。

"不好意思，只是想起了我丈夫……"春那将手表放回包里。

"那块手表是……"

"我丈夫的遗物。是我之前送给他的。"

"哦……需要一个人待一会儿吗？"加贺站起身，似乎准备离开。

"我已经没事了，您不用在意。"春那微微一笑，"对了，有件事我想请教您。"

"什么事？"

"之前您说，凶手盯上我们应该有什么理由，在您看来，会是什么呢？"

加贺稍加思考后，缓缓开口道："桧川声称是无差别杀人，如果是真的，那么他可能是因为某些事精神受到了刺激，所以才决定对你们下手。"

"精神受到了……刺激？"

"从他的犯罪动机可以推测，他似乎过着并不幸福的生活。像他这样的人，若要为了获得死刑而杀人，会选什么人下手呢？恐怕会盯上那些高调地张扬幸福的人吧。因此，之前我才问，你们在聚会时有没有大声唱歌或者放烟花。如果桧川因为这些事而心生妒忌甚至愤恨，也不足为奇。"

"原来如此。"

加贺之前提问的时候，春那完全不明白他的用意。

"但是，就您所说的来看，你们并没有做什么特别引人注目的事。那么到底是什么刺激到了桧川大志呢？这一点我无论如何都很在意。"

春那听着加贺的话，不由得心生敬佩：果然当刑警的人想法是独到的，即便凶手宣称自己是无差别杀人，他也不会就这么轻易接受。

"还好请了您一起参加查证会，光靠我们是不行的，有您在，肯定能帮我们查清楚。"

"但愿吧。"加贺苦笑道，"我也不能打包票，还请不要抱太大期望。"

"我相信您可以的，真的拜托了。"

加贺轻轻叹了口气："我尽量。"春那从他的声音里听出了几分自信。

没过多久，列车到站了。刚走出自动检票口，春那就感到背上袭来一丝寒意。

东京和这里确实有温差，但这恐怕不是唯一的原因。春那意识到，她果然还是在害怕，本能地不想靠近那个地方。

"怎么了？"加贺问。

"哦，没什么。"春那想努力挤出笑容，却发现脸还是僵着。

加贺微微皱了皱眉。"会紧张也是自然的。就算现在您突然改主意，说不想参加查证会了，我也没意见。"

"没事，没关系的。要是让您担心了，就太过意不去了。我们走吧。"春那迈开步子。

二人在车站外打了车。在秋天这样适合出门游玩的季节，街上到处都是游客，十分热闹。结伴出行的情侣和家庭来来往往，开心地逛着各具特色的特产和工艺品店。而就在两个月前，这里还发生了骇人的凶杀案。从车窗外的景象里，看不出这儿的繁华有丝毫减退。

查证会的地点就在鹤屋HOTEL。估计是不想在自家别墅里过夜，许多参会者都选择了住这家酒店，春那也一样。在那间一低头就能看到后院的房间里，肯定不能安然入眠。

况且，鹤屋HOTEL也并非一个无关紧要的场所。桧川大志就是在这里坦白罪行的，算是个跟他们有点瓜葛的地方。也正因此，春那才想亲眼来看一看，其他受害人家属想必也是如此。

很快，一栋白色的建筑出现在道路右侧，设计古朴典雅，有种教堂的风格。

鹤屋HOTEL的前身是一家始于明治时期的旅馆。不知是第几任老板，为了吸引外国客人，决定融入西洋元素，一举改造了旅馆。春那小时候就对这家酒店很熟悉，但一次都没进去过。之前总想着要来住一次，但怎么也没想到会是今天这样。

二人走进用实木装修的酒店大堂，将名字报给身穿深蓝色制服的前台女职员，办理了入住手续。这家酒店没有单人房，所以他们预订的是两间双人房。

递到春那手中的是两把大黄铜钥匙，透出一股老牌酒店的气息。加贺接过钥匙，满意地称赞道"真不错啊"。

"春那！"

听到有人在叫她，春那回头一看，原来是山之内静枝正向这边走来。她们在电话里约好了要在大堂碰头。

静枝身穿苔绿色的连衣裙，外面套了件白色的厚开衫。

春那低下了头："谢谢您一直以来的关照。"静枝有些困惑地蹙起眉："别这么见外，我又没做什么。对了，你怎么样？身体还好吗？"

"还行，至少吃得下饭，您不用担心。"

"那就好。"说着，静枝把目光投向春那身后。

"介绍一下，这位是加贺先生。之前在电话里和您说过的，是我前辈的朋友，而且——"春那看了眼周围，压低声音补充道，"是警视厅的刑警。"

静枝睁大眼睛，向加贺点头问好："我姓山之内。侄女劳您费心了。"

"我是加贺，请多指教。"

看着加贺递过来的名片，静枝忍不住眨了眨眼，显然是因为"搜查一科"这几个字。受影视剧的影响，许多人都知道这个部门是专门负责凶杀案的。

春那看了眼时间,现在刚过下午三点半。

"是下午四点集合对吧?"春那向静枝确认。

"是的,在三楼的会议室。"

"那我们先到房间把行李放下,然后再过去?"春那看向加贺,征求他的意见。

但加贺微微摇了摇头:"我没有大件行李,就不去房间了,准备在酒店里稍微转一转,然后直接去会议室。"

的确,加贺只带了个小背包,确实没必要专门去一趟房间。

"好的,那一会儿见。"春那留下静枝和加贺,独自走向电梯。

鹤屋 HOTEL 的地上部分共六层,春那的房间在五楼。她沿铺着地毯的走廊一路来到房门前,将黄铜钥匙插进锁眼里一转。稍有些卡顿,不过门还是咔嗒一声顺利开了。

春那推门进去,只见房间的地板和柱子也是木制的,里面有张小桌子,桌前的墙上安着镜子。

春那放下旅行包,站到镜前。正要检查妆容时,她猛然想起一件事,拉开了桌子的抽屉。

果然,里面放着印有酒店名称的信封和信纸。

春那打开手提包,取出一个同样的信封。不同的是,她的信封上印着收件人的姓名和地址。这是她两天前收到的,寄信人不明。

她从信封里取出信纸。信纸同样来自这个酒店,上面印着一行短短的字——

你杀了人。

8

春那来到三楼会议室,看到静枝跟一对男女站在门口交谈。那是樱木千鹤和的场雅也。樱木千鹤穿了套深灰色的西服,的场身穿牛仔裤和棕色外套。没看见樱木理惠的身影。

春那走过去,和两人打了个招呼。

"你好。"樱木千鹤生硬地笑了一下。的场正色,默默行了个礼。

"理惠小姐呢?"春那问。

樱木千鹤说:"那孩子来不了,还没恢复过来。"

"听说她害怕得出不了家门。"静枝说。

"这样啊……"

"试了各种药,现在倒是冷静下来一点儿,"的场说,"也能睡着了。不过,还是不能带她来参加查证会,她一想起当时的事依然会恐慌。就算勉强让她来,也只会给大家添麻烦,起不了什么作用。"

"那确实是没法儿勉强。"春那压低了声音。

"不好意思啊。"樱木千鹤带着歉意说道,"在春那小姐看来,我们显得太任性自私了吧。那孩子不过是失去父亲……"

"怎么会？"春那用力摆摆手，"父亲遇害是大事，肯定会深受打击的。"

"谢谢。我们都要努力熬过去才行啊。"

听了樱木千鹤这句话，春那心中一沉。真的会有熬过去的那一天吗？

在场的其他人看向春那身后。春那转过头，原来是加贺走了过来。

"我来介绍。"春那对樱木千鹤和的场说，"这位是陪我来参加查证会的加贺先生。"

接着她又向加贺介绍了这二人。他们一听说加贺是警察，都露出惊讶的表情。

"是通过警视厅，从县警那里获得了这个案子的相关信息吗？"的场问。

加贺摇摇头。"没有，这只是我在休假中的私人行程。说起来，的场先生，您的伤如何了？我听说虽然没有危及性命，但您也受了伤。"

"现在还是有点痛，不过问题不大。"的场按了按左腹。

春那也知道他被刺伤了，但不清楚具体情况。樱木家被杀害的只有樱木洋一。

"各位，要不先进去吧。"静枝说，"我让酒店准备了饮品。"

"谢谢。你一直都这么体贴周到，我那过世的丈夫对你也很是敬佩。"樱木千鹤说着走进会议室，其他人也纷纷跟了进去。

会议室里放着一张大桌子，周围摆着一圈沙发。旁边的小桌上放着水壶、茶壶和茶杯等，好像还有咖啡。

春那和加贺刚在沙发上并排坐下,门就开了,走进来两名年轻女子。其中一人是中学生栗原朋香,被杀害的栗原夫妇的独生女。另一人春那没有印象,看起来二十出头,留着短发,似乎没化妆,给人一种偏中性的感觉。

"大家好。"朋香向众人鞠躬问候,声音里没什么力气。她本就肤色白皙,今天看上去脸色更加苍白。

"朋香,"静枝快步上前,"辛苦你从那么远的地方赶过来。"

"我觉得自己必须来参加,虽然很想忘掉这件事……"

"是啊,肯定是想忘掉的。"静枝把双手放在朋香的肩膀上,"最近很不容易吧?很抱歉,没能帮上什么忙。葬礼已经办过了?"

"是,亲戚帮了忙。"

"那就好,我一直很担心,怕你一个人不知道以后该怎么办。"

女孩微微歪了歪头。"其实,我还没怎么想过这件事。在寄宿学校时,总觉得爸爸妈妈还好好活着……"

听着这语调没什么起伏的话,春那心里涌上一丝苦涩。才十几岁就突然父母双亡,那种悲伤和打击,实在难以想象。

静枝看向朋香身后的女子:"这位是……"

"久纳,栗原朋香寄宿学校的辅导员。朋香说一个人来心里没底,所以陪她过来。初次见面,请多关照。"她向众人低头致意,春那也点头回应。

朋香与同行的女子在桌子一头并排坐下。加贺站起身,走到她们面前,聊了几句后又回到座位。

"您跟她们说了什么?"

"只是介绍一下自己。还有,我想确认那个人的全名。"加贺打开记事本，用圆珠笔在上面写下"久纳真穗"这个名字。

看来就算只是陪同者，他也要掌握对方的名字。也许这是他身为刑警的职业习惯。

敲门声响起。在大家的注视下，门缓缓打开，探进脸来的是小坂均。

"请进。"樱木千鹤道。

小坂点点头，走了进来，身后跟着妻子七海和儿子海斗。三人在春那对面坐下。

对小坂一家的出现，春那有些意外。她之前隐约觉得他们是不会来的，毕竟不是死者家属。不过要查清当晚那个地方究竟发生了什么，他们的证词确实也不可缺少。

伴随着沉重的开门声，高塚俊策一脸严肃地走了进来。春那觉得他似乎比夏天时清减了一些。虽然肯定有最近心力交瘁的缘故，但恐怕之前他能显得那么威风，完全是他妻子的功劳。

"看来都到齐了。"高塚环视一圈后说，"其实，今天我带了个特别嘉宾来，可以请他进来吗？"

众人对视一番，没有人提出异议。千鹤像是代表般开口道："只要高塚会长觉得合适，那就请吧。"

"好的。"高塚打开门，对着外面的人点点头。

一名身着西装的男子出现了，他肩膀很宽，短发方脸，皮肤晒得黑红，让人联想到职业高尔夫选手。

高塚介绍道："这位是本地警察局刑事科的科长，榊警官。"

会议室内的气氛顿时一变。

"我姓榊。"男人说着出示了警察手册。大家看清了他的名字。

"警察？"樱木千鹤面露愠色，"高塚会长，这和说好的不一样吧？之前可是说警方不会参与查证会的。"

"我不会随便插嘴，"榊接过话来，"只是旁听。警方之前和高塚会长商量，希望能让我作为观察员列席。"

樱木千鹤向高塚投去愤怒的目光。"您和警方说了查证会的事？"

"不行吗？"高塚满不在乎，"我和这边的警察局长之前就打过交道。这次我说想看看侦查资料，他问我理由，我就如实说了，是打算跟各位一起查明真相，毕竟这也没什么不可告人的。局长表示，资料不能给我看，但如果能让案件负责人参加查证会，必要时也可以给我们提供信息。也就是说，这是交换条件。当然，要是大家觉得不行，那么也只好请榊科长回去了。不过，这样的话，我们的查证会也就无法得到警方的任何支持了。"

樱木千鹤皱起眉，征求意见般看向其他人。但谁也没开口，事关重大，大家都怕担不起责任。

樱木千鹤把目光投向春那这边。"这位是加贺先生吧。您怎么看？我希望能听听您作为警察的意见。"

"警察？"榊眉毛一动。

"是我请加贺先生来参加查证会的，我们认识。"春那向榊解释，"他在警视厅工作。"

"哦，是嘛。"榊用审视的目光打量起加贺。

"加贺先生，请务必让我们听听您的意见。"樱木千鹤再次说。

春那带着一丝歉意地瞟了眼加贺，推测他肯定在想，怎么突然摊上了这么个麻烦。

"那么，"加贺说，"我有个问题想问榊科长。"

"什么？"

"查证会上可能会触及一些警方尚未公开的侦查机密，届时如果向您提问，您是否会告知？"

"这要视内容而定。"榊迅速答道，"毕竟现在还没到起诉阶段，不可能什么都告诉你们。但我会尽力回答，就看各位怎么表态了。"

"表态？"

"也就是说，希望各位能够答应，从我这里听到的任何事一概不外传，也不可以留下记录，包括录音和录像。"

原来如此，加贺微微点头。

"您怎么看？"春那问。

"换作是我，我会希望榊科长在场。各位可能会觉得像被警察监视一样，不太舒服。但为了查明真相，侦查资料是不可或缺的，要把握这个难得的机会。"

春那调整呼吸，微微抬起手来："我同意加贺先生的意见。"

静枝小声附和道："我也是。"

"其他人呢？"樱木千鹤扫视众人。

"我也同意。"的场说，"我们也需要警方的信息。"

"朋香呢？"

估计是没想到会被点名，这个脸色苍白的女中学生身体一震。"我……都可以。这些复杂的事我不太懂……"

"小坂先生，你们呢？"

"各位来决定就好。"小坂缩了缩脖子，"毕竟我们是外人。"

"外人？"樱木千鹤挑起一边的眉毛。

"小坂，"高塚沉声道，"你这话什么意思？你该不会觉得事不关己吧？因为你家没死人所以无所谓？"

"没，没有，我绝对不是这个意思……"

"就是为了弄清楚那天晚上究竟发生了什么，才把大家聚到这里的。当晚在场的所有人都是案件相关人，要是连这点自觉都没有，你就赶紧滚蛋，再也不要出现在我面前。"

"对不起！"小坂慌忙站起来，低头道歉。他身边的七海也赶紧起身低头，他们坐在一旁的儿子呆呆地望向父母。

"所以怎么说？留下，还是离开？"高塚厉声问。

"留下，请让我留下，拜托了！"

"那就把你的意见清清楚楚说出来，你是赞成榊科长参加，还是反对？"

"啊……我、我赞成！我双手赞成！"

高塚哼了一声，转向樱木千鹤："就剩你了。"

"好，我也没有异议。榊警官，接下来就请多指教了。"

听她这么说，榊满意地点点头。

全员坐定后，高塚将双手放在桌上："好。那么查证会怎么开？有没有人自愿担任主持？有的话就太好了。"

"我可以。"的场举手。

"嗯，那就麻烦你了。"

"不行。"樱木千鹤插进一句，"雅也是直接受害者，恐怕无法客观地做出判断。我认为，应该由没受到案件伤害的人来主持比较好。"

"这倒也是。"高塚扫视了一圈，目光停在一个人身上，"那么，小坂，你来？"

"啊,好,如果我可以的话。"小坂起身。

"等等。"发言的又是樱木千鹤,"这么说不大礼貌,但小坂先生也不能算中立。他要是对某些人特别照顾,就不能公正地探讨案情了。"

"某些人"指的是谁是明摆着的。高塚怒气冲冲地瞪着樱木千鹤:"那你说谁来主持?你来吗?"

"就算我说我能保持客观公正,也没人会相信吧。既然如此,我有个提议,不如请那天不在现场的人来当主持人,怎么样?这样更公平。"樱木千鹤再次将视线投向春那身旁,"加贺先生,可以拜托您吗?"

加贺惊讶地直起身子:"我?"

"电视剧里不是经常能看到侦查会议这种东西嘛,虽然不知道实际上是怎样的,但总归,发生案件时,你们会开类似的会议吧。想必您应该有经验。"

"这个……"

"所以,可不可以请您接受请求?大家觉得呢?"

的场第一个举手赞成。接着,静枝也略显拘谨地附和了一声。

"我也赞成。"春那看着加贺,"请您务必答应。"

"看来是就这么定了啊。"高塚嘟囔着。

见小坂和朋香也点头同意,樱木千鹤对加贺说:"可以吗?"

加贺叹了口气。"好吧,既然大家都这么说了,我就不推辞了。不过我有一个条件,"加贺竖起食指,望向众人,"希望大家在回答问题时能做到诚实,不要说谎。如果不想回答,也请直说。哪怕只是很小的谎言,也会让人离真相越来越远——这一点还请大家千万牢记。"

9

加贺站在被搬进会议室的白板前，手中拿着笔。

"首先我要问各位，那天晚上，最先发现异常的是谁？按照常理，应该是这个人报的警。"

"是我。"樱木千鹤举起了手，"准确地说，是我女儿发现不对劲的，然后我报了警。"

"能不能尽量详细地描述一下当时的情况？"

"好的。"樱木千鹤胸口起伏，调整了一下呼吸，"聚会结束后，我们回到家，我家那位说没喝痛快，就喊上了理惠和雅也，在对着院子的露台上喝威士忌。当时我在客厅里。过了一会儿，理惠说要去洗澡，回了屋。没多久，雅也进来了，说我丈夫想来杯咖啡。就在我去厨房冲咖啡时，外面传来一声惨叫。也不知发生了什么，我跑到院子里，看到我丈夫趴在地上，女儿蹲在他旁边。见他背上一片血红，我感到头晕目眩。问理惠发生了什么，她也只是重复着'不知道'，说一出来就看到了这一幕。我想总得先喊救护车，就回屋拿手机拨了一一九。电话接通后,我说明了情况,接线员问我他是不是被人刺伤了。我说不清楚,可能是的,对方便让我报警,所以我又接着打了一一〇……"

"不好意思,"的场打断她,"请允许我补充一下。您这些话听起来像当时我不在场一样。"

"哦,对,是的,当时雅也跟我在一起。"

"我从洗手间出来时听见了理惠的尖叫,走到客厅就看到千鹤夫人脸色大变地从外面进来,开始打电话。我在旁听着十分震惊,出去一看,才知道发生了什么。"

"还记得是什么时候吗?"加贺问。

樱木千鹤看了看的场:"是十二点左右吧?"

"我想是的。"

加贺转向榊,问:"您手上如果有通信指令科的接警记录,可不可以告知我们?"

"应该有。"榊慢条斯理地拿出手机操作一番,"嗯,警方接到报警是在零点零五分。指令科判断不是恶作剧,下达了现场确认指令和紧急布控指令。"

"谢谢。"加贺重新转向樱木千鹤,"之后呢?"

"之后我回到院子里,和女儿反复摇晃丈夫的身体,想要唤醒他。我不敢相信他已经没救了。"

"的场先生也在?"

"没有,我猜行凶者可能还在附近,便出去了。"

加贺睁大眼睛:"是打算去抓凶手吗?"

"怎么可能。"的场苦笑道,"我可没那个胆量,又不是不要命。

只是想着如果看到可疑的人，就拍下来提供给警方。后来我才意识到，这么做的确太轻率了。"

"您反而遭到了偷袭，是吧？"

"嗯。"的场严肃起来，"我走到栗原家附近时，突然被人从斜后方猛撞了出去。那一瞬间我完全蒙了，接着就感觉到一阵剧痛袭来，浑身都失去了力气。很快我连站都站不住了，只能蹲在原地。我摸了摸侧腹，发现在流血，那时才反应过来，我是被人刺伤了。我想呼救，但痛得太厉害，无法大声喊叫，就给理惠打了电话。"

加贺看向樱木千鹤，问："当时的情况您还记得吗？"

"当然。理惠很震惊，看起来更慌乱了，我在旁边根本听不出发生了什么，索性把电话接过来。就在这时，救护车和警车都到了，我请急救人员把我丈夫抬上车，同时跟警察说明了情况。"

"稍等一下。"

加贺将樱木千鹤说的写在了白板上。光是看这些，就能明白在极短的时间里发生了多么严重的事。

"请继续。"加贺对樱木千鹤说。

"理惠也跟着上了救护车。虽然让她跟过去估计也没什么用，但我觉得我得留在家里。实际上，那之后，我一直在配合调查。"樱木千鹤看着榊，继续说，"警方的记录里应该都有。"

加贺慢慢走近榊，问："急救人员和警察到现场的时间是……"

榊看了看手机。"救护车到达樱木家是零点十一分，约两分钟后，零点十三分辖区的警车到达。根据樱木千鹤女士提供的信息，警察在附近搜索，于零点二十二分发现了的场雅也先生。将他保护起来后，警方联系了消防，请他们把他送去急救医院。"

"大概就是这样。"的场说,"那个人没刺到要害,我想自己应该死不了,但也担心如果不及时处理,会花很长时间康复或留下后遗症。所以警察找到我的时候,我真的松了口气。"

"在等待救援期间,您都做了什么?"

听到加贺这个问题,的场不满地皱起眉。"什么也没做。刚才我也说了,我动不了。"

"那么,您在被刺前后,有没有看到什么?"

"您是指……"

"可疑人物之类的。"

"啊,"的场半张着嘴点了点头,"毕竟是大半夜,周围一片漆黑,要是没有手电筒,连脚下都看不清,所以当时就算身后有人靠近,我也察觉不到。"

"也没有留意到脚步声?"

"说来难为情,不过确实是这样。"

"被刺以后也什么都没看到吗?"

"再说一遍,我当时真的很茫然。您想想,我是突然被刺伤的,您觉得我还有余力去在意周围的情况吗?"

"我只是确认一下。什么都没看到的话,那就这样吧。"加贺转向樱木千鹤,俯视着她,"能否说说救护车离开后您做了些什么?"

"没做什么……刚才说了,就是接受警察问话。哦,在那之前,理惠打电话来,说我丈夫已经在医院确认死亡……虽然我有心理准备,但还是很受打击。那些警察却一点儿都不体谅,对着我问个不停,一会儿问发生了什么,一会儿又问为什么会发生这样的事。那时我脑子里可是一片空白……实在太过分了。"

"夫人，他们不是不体谅，而是自己也陷入了混乱。"榊解释道，"因为身处乡下，这里的警察平时很少遇到杀人案，突然发生了刺伤事件，紧接着又有一人被刺，想保持冷静都难。不过，没有照顾到您的心情确实不对，我替负责人道歉。"

"我并没有要您道歉的意思……"

"警察了解情况后，您去了哪里？"加贺问樱木千鹤。

"仍然待在家里，原本想去医院，但理惠回来了，说是警察把遗体带走了。"

"是为了解剖和尸检。"榊插进来，"因为是他杀，这么做很正常。"

"就算是这样，能不能稍微考虑考虑家属的心情呢？至少让人好好看看遗容吧。"

面对樱木千鹤的怒气，这位刑事科科长板着脸挠了挠头。

"我问完了，谢谢。"加贺又将视线投向榊，"警方接下来确认的被害人是谁？"

"根据记录，应该是鹫尾英辅先生。"榊看着手机说，"附近巡逻的警察听到有女性在呼救，便赶去了山之内家。"

"那个人是我。"静枝微微抬起手，"是我在呼救。"

加贺看了看她，接着转向春那。"可以跟大家说说发生了什么吗？"

春那应了声，再次回想着当晚的事，开口说道："收拾完聚会的东西后，我在二楼的卧室里听到了鸣笛声。英辅说去看看情况便出了门，之后一直没回来。正担心时，我发现有人倒在了后院里，而那个人就是英辅。"说这些时，春那努力不让感情流露出来。

"后面的我来说吧。"静枝把手放在春那肩上,"就像春那刚才说的那样,英辅一直没回来,我想去打听打听情况,就去了栗原家,但门铃没人应。我回到家时,听到春那的哭喊声从后门传来。我吓了一跳,跑到后院才明白发生了什么。我想,无论如何要先叫警察,就拼命大声喊起来。具体怎么喊的记不清了,无非是'有人吗''救命'之类的吧。接着,不知从哪里跑来几个穿制服的警察。我记得应该是三个人。"

"当时是……"加贺看向榊。

"零点四十三分。"榊抢在加贺发问前答道,"警方联系消防后,救护车把被害人接走是在零点五十五分。被刺中的部位有两处,左腹和胸部。凶器是一把刀,仍插在胸部。"

"您和救护车一起去了医院,在那儿得知您丈夫已经过世了,是吗?"加贺问春那。

"是的。"

"之后呢?"

"和樱木夫人一样,在医院接受了警察的问话。不太记得问了些什么了。"

加贺转向白板,将刚才的要点写下,接着又问榊:"下一个确认的被害人是……"

"是我内人吧?"高塚俊策抢在榊之前答道。

"没错。"榊看着手机,"一点零五分,警方接到了报案。附近的警察立即赶赴现场,查看高塚桂子女士的遗体。当时在场的有三个人,分别是高塚俊策先生、他的下属小坂均先生,以及小坂的妻子七海女士。"

"您可以描述一下发现遗体时的情况吗？"加贺问高塚。

"当时我们出门了。聚会结束后，我跟小坂去了一家我常光顾的老牌酒吧，七海开车送我们去的。喝了一个小时左右吧，店里的人骚乱起来，说是路上有警车和救护车，可能是别墅区出事了。再一问，好像就是我们那片。我心里不安，决定赶紧回去。小坂说叫七海来比打车更快，就打电话让她过来接我们。七海很快到了，我问她知不知道怎么回事，她也说不清楚。原来，她送我们到店里后没有回去，一直在附近等着。我们满腹狐疑地回到家——"高塚脸色阴沉，摇了摇头，"就这样发现我内人流着血倒在客厅里，胸前被捅了好几刀。看到这一幕，我们就知道她没救了，所以没有叫救护车，只是报了警。"

"当时房子的正门锁着吗？"

"没有。"高塚回答道，"是开着的，我觉得奇怪，但也以为可能只是忘了锁。"

"室内有打斗痕迹吗？"

"没有。"

加贺默默点头，这时，小坂吞吞吐吐地开口了："那个……要不要听我儿子说说？他似乎看到凶手了。"

"我没说是凶手啦！"男孩噘起嘴。

加贺走近小坂一家，弯下腰来。小坂海斗在父母身边缩成一团，加贺凑近去看他的脸。"那天晚上，你在房间里？"

"嗯。"男孩微微点头。

"父母出去时，你做了些什么？"

"睡觉。"

"要用敬语。"七海蹙眉。

"没事。"加贺安抚道。

"你不是一直在睡吧,中间是不是醒过来了?"

"是的。"男孩回答。

"是被警笛声吵醒的吧?"小坂插嘴道,"然后就看到了凶手。"

"我都说了,不知道那个是不是凶手啦。"海斗皱起眉。

"反正是看到了可疑的人影嘛。"

"不好意思,请让令郎自己说。"

被加贺这么提醒了一句,小坂耸耸肩。

"你醒来的时候是几点?"

"我觉得是十二点左右,具体十二点零几分就不记得了。"

"然后呢?"

"爸爸妈妈还没有回来,我想看看车在不在,就往窗外看了看,就见到有人穿过停车场离开,速度很快,像是在逃跑一样。"

男孩直截了当的描述很有画面感。春那感觉会议室里的空气顿时紧张了起来。

"看到脸了吗?"加贺问。

"没。太暗了,看不清,只能看到一个黑影在跑。"

"那么衣服是什么颜色的呢?"

"黑乎乎的,不过也可能是因为天太黑了,显得颜色深。"

"人影消失在哪个方向?"

"从窗户看下去是左边。"

"从方位来说,是哪一边呢?"

"是东边。"高塚俊策说,"我家别墅朝南,停车场也在南边。

从楼上往下看停车场，人影向左走的话，那就是东了。"

"在您家东边的别墅，是谁的？"

"是山之内家和绿屋，沿着路再往前是樱木家。"

"绿屋？"

"啊，抱歉，绿屋是……"高塚看向静枝。

"绿屋是饭仓家的房子。"静枝说，"不过他们夫妻俩年纪大了，近几年都没来住过。我丈夫生前跟饭仓家关系不错，所以我替他们保管着钥匙。"接着，她补充了"饭仓"是哪两个字。

"原来如此，谢谢。"加贺向高塚和静枝点头致意，又看向海斗，"再然后呢？"

"我又去睡了，反正爸爸他们还没回来……不过，我听到有人在大声叫喊，很快醒了过来。正觉得奇怪，妈妈就来了。她一看到我就说，太好了。我还不知道发生了什么，妈妈就说高塚会长的夫人被人用刀刺了。我吓了一跳，把看到有人从院子里跑出去的事告诉了她。"

"好的——榊科长，"加贺对榊说，"刚才说的这些事，警方也已经掌握了吧。"

"当然，这是极其重要的证词。"

加贺点了点头，突然想起什么似的看向高塚。"刚才说的那家酒吧，您一直是一个人去的？"

"不，平时是和内人一起。"

"为什么那天晚上桂子夫人没有去呢？"

"没什么吧，估计她是想，平时总是不得不陪着我，这次既然有小坂他们在，她就不用去了。有什么问题吗？"

"没什么,只是有些好奇。"加贺再次看向小坂一家,"到了酒吧以后,您为什么没有让妻子回去,而是让她等着呢?"

"那个……我觉得这样比较好。毕竟出租车不是随时能叫到的。"

"但是深夜让女性在车里等着,从安全的角度来看,实在不能说是恰当的做法。"

"是我跟他们说没关系的。"七海插进来解释,"只要坐在车后座,外面的人是看不到的。相比起来,我觉得半夜打不到车更糟糕。"

"您是在哪里等他们的?"

"就在距离酒吧一百米不到的路边。"

"那段时间里,有没有发生什么特别的事?比如被提醒不要停在路边之类的。"

"什么都没有。"

加贺自言自语般说了句"这样啊"。

听着他们的对话,春那心里有些疑惑。高塚桂子为什么没去酒吧,小坂为什么让七海等着,这些事感觉跟案件毫无关系。她琢磨不透加贺提问的意图。

加贺若有所思地踱着步子,走到栗原朋香身边。

"最后就是你的父母了。可以说说发现他们时的情形吗?"

朋香摇了摇头:"不是我发现的。"

"那么是……"

"半夜,门铃响了起来。之前也响了两次,但当时我在床上,就继续睡了。响第三次时,我开始觉得不安,睁开眼睛,心想都这个时间了，发生什么事了？这时，我听到外面有人在大喊大叫。我去了爸妈的卧室，发现他们都不在。我又去别的地方找了找，还是没看到他们。所以我决定去看看外面的情况，结果一开门就见到了警察。他们说有什么想让我确认一下，带我去了车库，然后……然后我就看到，被刺死的爸爸和妈妈。"

朋香用微弱的声音努力地说着，样子让人心疼。春那虽然也痛失至亲，但想到朋香还是个中学生就要承受这么沉重的绝望，心里不禁涌上一阵同情。

"榊科长，"加贺说，"根据朋香刚才所说，警察似乎是擅自进入了她家的院子，然后在车库里发现了遗体。这些情况您了解吗？"

"当然。不过，关于这一点，有必要做一些说明。"榊冷静地说，"更早一些的时候，大概刚过夜里一点，为了确认周围是否有异常，一名警察按了栗原家的门铃。由于当时无人应答，那名警察便暂时离开了。但之后，附近接二连三地发现了被害人，警察决定还是折回栗原家再确认一下。一点四十五分，警察再次按响门铃，依旧无人应答，便决定进入院内查看。接着，就在车库里发现了两具遗体。警方正商量对策时，房子的正门被打开，栗原朋香小姐出现了。事态紧急，我认为他们入内查看的判断没有错。"说完，榊看向众人，脸上似乎在说"有什么意见吗"。

"好的，谢谢。"加贺再次低头看向朋香，"你知道你父母为什么会在车库里吗？"

女孩摇了摇头："不知道。"

"是不是有夜里开车出去兜风的习惯？"

"没有，而且那天他们都喝了酒。"

"好的，我了解了，谢谢。"

加贺回到白板前，拿起笔，快速写下了如下内容：

[时间]	[地点]	[被害人]	[发现人]
00:05	樱木家院子	樱木洋一	樱木千鹤、樱木理惠、的场雅也
00:22	栗原家附近	的场雅也	警察
00:43	山之内家后院	鹫尾英辅	鹫尾春那
01:05	高塚家客厅	高塚桂子	高塚俊策、小坂均、小坂七海
01:45	栗原家车库	栗原正则 栗原由美子	警察

加贺面朝众人，说："请注意，这里写的时间，只是报警时间或者发现时间，并不是案发时间。案发时间我们之后再慢慢讨论——榊科长，对于这个时间顺序，您是否有不同意见？"

榊微微点头。"嗯，跟我们警方掌握的一致。了不起。"

"如果您手头有值得补充的信息，还请告知。"

榊歪歪嘴角，笑了。"抱歉，恕我不能说。我们当然还掌握了更多信息，但同为警察，你应该清楚，全部说出来是不可能的。而且，我也无从判断究竟要公开哪些才好。我会尽量回答，但像这样笼统的提问，我回答不了。"

不知不觉中，榊的语气变得随意起来，但只是对加贺。春那不知道他是觉得亲切，还是为了强调加贺与其他人身份不同。

"那么请允许我再问一些具体的问题。"加贺依旧对榊用着敬语，"警方将桧川移交给检方时，对他作案的手法和顺序应该已经有了推论。关于这点，可以说说吗？"

榊的脸色变得难看。"这我也只能拒绝回答。"

"为什么？"

"因为这涉及推论的依据，信息量太大了。"

"信息量太大？难道不是正相反？"

"哦？怎么说？"

"我换个问法。您对那个推论是否有信心？请回答 YES 或者 NO。"

榊瞪大双眼，想来是加贺的提问出乎意料。这位刑事科科长打算怎么作答呢？春那屏息以待。

榊突然嘴角放松下来。"来这一招啊，算我败给你了。看来也只能老实回答了。"他收起笑容，接着说，"答案是 NO。很遗憾，我确实没有信心。需要说理由吗？"

"因为嫌疑人桧川大志拒绝交代，所以警方能掌握的信息非常少，无法做出合理的推论。而为了送检，只能勉强给出一个，但与现场勘验的结果以及物证、证词比对，又存在多处矛盾。对不对？"

榊撇撇嘴，晃了晃身体。"正是如此。所以，就算在这里公布我们的推论也没什么用。倒不如当它不存在，从头来过。我就是出于这种想法来参加查证会的。这样说，你能接受吗？"

"好的，谢谢您如实相告。"加贺望向众人，"对刚才榊科长的发言，各位有什么意见吗？——好的，没有。那我们现在进入讨论环节吧。"

"不好意思，"高塚俊策举手，"要不要休息一会儿？刚才一口气听了这么多，感觉有点累了。"

"我也想去洗手间……"樱木千鹤附和道。

加贺露出温和的表情。"抱歉,是我考虑不周。那就稍微休息一会儿,正好酒店也准备了饮料。"

这句话让众人如释重负,几乎所有人都站起身。此时,一个威严的声音突然响起,大家都停在了原地。

"还有一件事。"说话的是榊。

"什么?"加贺问。

"最开始答应我的事,希望各位还记得。听到了吗?那边的那位。"榊说着指向桌子那端的女子——栗原朋香的陪同者,久纳真穗。

"我怎么了?"她疑惑道。①

"你还问怎么了。我从刚才起就看到你一直在记笔记。"

"不可以吗?"

"之前我说的话,你没听到?我应该说过不允许记录吧。"

"我听到的只是不能留下记录。我不过随便写写罢了,没打算拿去给谁看。在白板上写东西不也可以吗?我觉得是一个性质。"

"白板不能带出去,使用后也会全部擦掉。"

"不好意思,"加贺插了一句,向久纳真穗问道,"为什么要做记录呢?"

"为了整理思绪。况且这些名字我都是第一次听到。"

加贺略微思考了一会儿,再次看着久纳真穗。"那么,您看这样如何,请在离开会议室前,把笔记给榊科长看,由他来判断能否

---

① 原作中,久纳真穗自称时均使用"あたし(atashi)"这个第一人称代词,相比于常用的"わたし(watashi)",略显不正式。

带走。如果不行，您要么扔掉，要么交给榊科长。怎么样？"

久纳真穗不大情愿地点点头："好吧。"

榊也表示满意："这样我可以接受。"

"行，那就这么定了，大家先休息一会儿吧。"加贺说着看了眼手表，"十分钟后在这里集合。在那之前，请让头脑清醒一下。"

10

  化妆间镜子里的那张脸,依然有些僵硬。春那用双手捧住脸颊,反复深呼吸。
  比她预想的还要紧张。之前虽然知道被害人都有谁,但究竟发生了哪些事,可以说今天才第一次听到。想到那个夜晚竟然发生了这么可怕的事,春那再次不寒而栗。
  查证会将如何进行下去呢?就连警察也没能查明的事,他们真的能靠自己查清楚吗?
  还有一件事令人在意,就是那封神秘来信。你杀了人——这到底是什么意思?
  春那举棋不定,不知是否应该告诉大家。如果只是单纯的恶作剧也太过分了。是谁写的?那个人想必今天就在场。如果此人有什么企图,应该会主动跳出来。春那觉得还是先按兵不动比较好。
  樱木千鹤从靠里的洗手间走出来,用眼神打了个招呼后,开始在一旁洗手。

"还好你带了那位来。"镜子里的樱木千鹤面朝春那,"我是说加贺先生。他主持得真不错,不愧是警视厅的刑警。"

"我也觉得。"

"有他在,说不定真能查个明白。不过——"镜子中,樱木千鹤看似目光一闪,"不知道这对大家来说是不是好事。"

春那眨眨眼。"您的意思是?"

樱木千鹤意味深长地笑了笑。"抱歉,说了奇怪的话,请忘掉吧。"说着,她转过身,走了出去。

春那回到会议室,静枝和小坂七海正在给众人倒饮料。春那略显局促地接过茶杯,准备回座位时,发现有个女子站在白板前。是久纳真穗。她捧着咖啡杯,仔细地看着白板上的字。

春那走过去,问道:"有什么让人好奇的东西吗?"

久纳真穗吓了一跳似的转过来,摇摇头。"没什么。"说完,她向座位走去。

春那回到位子上,小口地喝着茶。没一会儿,加贺进来了,手中拿着一个大信封。他环视一周后问:"看来大家都到齐了,可以继续了吗?"

高塚说:"开始吧。"

加贺点点头,将信封放在一边,站到白板前。"如记录所示,各位被害人的发现时间已经大致清楚了。接下来我想弄清楚的,是凶手的作案顺序。首先,请问榊科长,警方是否已经推断出每个被害人的死亡时间?"

榊抱着胳膊,说道:"大致时间是有的。本案情况特殊,因此所有遗体都移送了司法解剖。但是,他们被刺的时间非常接近,根据遗体推断出来的死亡时间也都差不多。要判断作案顺序的话，时间必须精确到分，法医认为这很难。"

"果然。那么接下来要参考的就是目击者证词或监控录像了。这方面的信息可否提供？"

"到目前为止，还没有有力的目击信息，之后大概也不会出现。关键在于监控摄像头，确实有值得参考的内容。不过，那些摄像头都安装在各位府上，警方是在得到许可后才获取录像的。总而言之——"榊放下胳膊，看着众人，"只要诸位同意，我愿意在这里分享相关信息。"

"原来如此。"加贺明白了，"监控录像可能会涉及各位家里的隐私，需要先征得同意。那么，大家意下如何，是否愿意在这儿公开监控里的信息？"

没有人提出异议。加贺对榊说："大家似乎没有意见。"

"好。"榊一本正经地拿出手机，"我先说一件重要的事。虽然每栋别墅都设有监控，但案发时有两处摄像头并未正常工作。一处是高塚家，电源线被切断了，并且显然不是自然老化，而是人为用工具造成的。最后拍摄到的画面显示时间为八月八日晚上八点三十三分，因此应该是在聚会期间被人做了手脚。摄像头清楚地拍下了凶手穿着黑色卫衣的身影，面部虽无法看清，但通过体形分析和步态识别等，可以确定就是桧川。我们向高塚先生确认后得知，此前他并未发现摄像头异常。"

"没错。"高塚点头表示赞同。

"另一处是栗原家，监控摄像头本身没问题，只是存储设备里没有 SD 卡。该设备在室内，从外面不可能接触到。不清楚是原本就没装SD卡，还是被谁取出了。我们问了栗原朋香小姐，她也答不上来。不过，有一点不容忽视。据她说，聚会后回到家时，发现正门没有上锁。是不是此前栗原正则先生关门时忘了锁，目前仍不清楚。"

所有人的视线都集中到栗原朋香身上。也许是有种被大家责备的感觉，朋香蜷起身子，低下头去。

"栗原小姐——朋香，"加贺唤道，"你们回去时，家里是否有被人弄乱的痕迹？"

朋香抬起脸，摇了摇头："没有。"

"你父母有提到监控摄像头的事吗？"

"不清楚……我没听到过。"

加贺点点头，朝向榊，问："关于这件事，警方是怎么看的？"

"我们认为，极有可能是凶手闯入栗原家取走了SD卡。这只是推测，但应该是哪扇窗户或玻璃门——总之是正门以外的什么地方忘了锁，凶手便从该处潜入，拔掉SD卡后，再从正门离开。这样就可以解释正门为什么没锁。我们调查存储设备时发现，上面有布制手套触摸过的痕迹，应该是凶手为了避免留下指纹吧。"

"唔，指纹……"加贺看起来有些迟疑，但还是催着榊往下说，"这两处故障摄像头的情况我清楚了，请继续。"

"好，接下来我说说监控录像的情况。拍到疑似凶手身影的摄像头有三台。首先是安装在山之内家门柱上的那台。八月八日晚上八点十二分左右，监控清晰地拍到了往里窥视的桧川大志。八月九日零点十五分左右，监控再次拍到桧川，他正向西走过山之内家门前。稍早一点儿，晚上十一点五十分左右，樱木家的监控拍到桧川横穿过门前道路的画面。最后是饭仓家，也就是大家称为'绿屋'的那栋别墅，监控于零点三十分左右拍到桧川经过，然后他应该就这么逃走了。"榊从手机上抬起头，"以上就是监控方面的信息。"

加贺站在白板前，写下"监控信息"几个字，然后奋笔疾书起来——

  20:12 窥视山之内家
  20:33 切断高塚家摄像头电源线
  ※ 闯入栗原家，拔出监控存储设备的 SD 卡？
  23:50 横穿樱木家门前道路
  00:15 向西经过山之内家摄像头
  00:30 经过绿屋

加贺指着白板，转向众人。"根据此前整理的遗体发现过程，还有这些监控信息，我们来推测一下凶手的行动吧。大家有什么想法？"

"从这些信息，可以看明白一些问题。"的场开口道，"桧川在八点多窥视了山之内家，也就是说当时他已经决定了要向我们下手。所以之后他破坏了高塚家和栗原家的监控摄像头，伺机而动。这么想应该没错吧？"

"这个推测合理。"加贺说，"有没有不同意见？"

无人反对。春那也没有异议。

加贺看着的场，问道："为什么凶手没有对樱木家、山之内家以及绿屋的监控摄像头下手呢？既然要破坏，全都处理了不是更好吗?"

"您问我,我也不知道。凶手有他的理由呗。比如,山之内家里都是人,举止可疑的话可能会被看到。绿屋没有人住,也许他觉得摄像头没开。不过,为什么放着樱木家的摄像头不管,这一点我想不到理由……"

"也许是因为位置。"樱木千鹤说。

"位置?"加贺问。

"我们家的摄像头安装在很高的地方,要用梯子才能碰到,此外光从外面可能看不出装在了哪里,所以凶手只好放着不管了。"

"原来如此。结果凶手就被这个他放着不管的摄像头拍到了,在十一点五十分左右。"

"就在这之后不久,他袭击了樱木院长。"的场说,"凶手应该是从外面窥视到我进了屋,只剩院长一个人,所以从背后偷袭了他。如果当时我没有离开,他可能也就不会遇害了,因为凶手只要进了院子,肯定会被我看得一清二楚。"

"那也是没办法的事。"樱木千鹤声音沙哑,"正常情况下,谁能想到会有杀人狂躲在那儿准备行凶啊。没有人怪你,你不用放在心上。"

"但我还是很后悔,当时离开前,就应该多留意一下周围的情况。"的场狠狠捶了一下桌子。

加贺来到他面前,问道:"发现樱木洋一先生被刺后,您去寻找凶手,结果反而遭到偷袭。而在零点十五分,山之内家的监控摄像头再次拍到了凶手。这二者的先后顺序,您觉得是怎样的?"

"我被偷袭应该是在零点十五分之前。我想凶手是在什么地方看到了我，于是悄悄跟在后面发起袭击，之后又回到山之内家前面。"

"好的。"加贺沉思着回到白板前。他拿起笔，扫视了一圈众人，接着说："我们再来思考一下其他被害人遇袭的顺序。首先是鹫尾英辅先生，他是在听到警笛声后出门遇害的，时间显然比樱木先生他们要晚得多。接下来，小坂海斗目击到的可疑人物如果是凶手，那么很可能是在其杀害了高塚桂子女士后。海斗也听到了警笛声，因此作案时间应该还是在樱木先生他们之后，只是不知道与鹫尾先生遇害相比，哪个在前，哪个在后。然后是栗原夫妇。这里，我想请大家回想一下——当晚，山之内女士和警察都按了栗原家的门铃，但无人应答。朋香说听到了声音但没有起来。可要说栗原夫妇两人都睡着了，没有听见门铃响，似乎不太可能。"

"您的意思是，"樱木千鹤说，"当时栗原夫妇已经遇害了？"

"这样想比较合理，"加贺眼中闪着锐利的光，"他们比鹫尾先生遇害的时间要早。但到底是什么时候呢？"

"我说一句。"的场举起手，"我是在栗原家附近被袭击的。凶手如果是在刺伤我后才潜入栗原家杀害他们夫妇的，就不可能在零点十五分被山之内家的监控拍到。要说凶手为了杀死栗原夫妇，又折回了他们家，我感觉也不太可能。可以推测早在这之前，栗原夫妇就已经被杀害了。"

"也就是说，凶手是在杀了栗原夫妇后才来我们家的，是吧？"樱木千鹤稍稍提高了语调。

"只可能是这样。"的场很肯定地说，"正因为已经杀过人了，凶手才更加亢奋——"

"稍等。"加贺打断的场，视线投向远处，"你还好吗？"

春那看过去，坐在一角的栗原朋香伏在桌上，后背微微颤抖。久纳真穗在小声询问她。

春那明白了。反复听到"栗原夫妇被杀"这样的字眼，她一定难以承受。

"要不让她先休息一下？"静枝抬头看向加贺，有些拘谨地提议，"一直听着这些，太可怜了。"

"刺激确实太大了。"高塚也小声道。

这时，朋香直起身子："不要紧，请继续。"

"别勉强，"静枝说，"回房间好好休息吧。"

朋香摇摇头："不用，我没事了。"

"但是——"

"我说了不用！"尖厉的声音似乎把朋香自己也吓了一跳，"啊……对不起。不过真的已经没事了，请继续。这些话很重要，我想听下去。而且，我觉得我必须得听下去。"

看女孩如此坚强，众人陷入了沉默。

加贺走过去，问："真的没事吗？"

朋香"嗯"了一声。

"好，那我们继续吧。麻烦谁给朋香再倒点茶，杯子已经空了。"

小坂七海起身，往茶壶里倒进热水。

加贺看起来安心了一些，他回到白板前，写下被害人的名字，并用箭头连接起来——

栗原正则、栗原由美子 → 樱木洋一 → 的场雅也 → 高塚桂子 or 鹫尾英辅

"将各位的发言整理后,凶手的作案顺序就是这样。接下来,我们再从别墅位置的角度讨论一下。"

加贺把放在一旁的信封拿起来,从中取出一张叠着的白纸,摊开后用磁铁固定在白板上。

春那很快明白过来,纸上画的是五栋别墅的布局,有樱木家、栗原家、高塚家、山之内家和绿屋。

"这是什么时候画的?"樱木千鹤说出了春那的疑问。

"刚才休息时请酒店的人帮忙制作的。"加贺的语气就像在说,这根本不算什么。

"动作真快啊。"高塚佩服地轻声说道。

春那也有同感,专业的刑警就是不一样。

加贺指着示意图。"各位都知道,沿着道路走,栗原家和樱木家相隔最远。但要是穿过中间的树林,路程就能大大缩短。凶手杀害栗原夫妇后,又袭击了樱木先生他们,接着来到高塚家杀害桂子夫人,然后在山之内家附近杀害了鹫尾英辅先生——这从行动上来说是合理的。不过,桂子夫人和鹫尾先生的遇害顺序也可能反过来。"

"那个……"小坂七海犹豫道,"我可不可以插一句?"

加贺伸手示意她发言。

"即使我儿子看到的可疑人物就是凶手,目击时间也不一定是在那人刚杀害夫人后,不是吗?"

"您的意思是……"

"桂子夫人也可能是在更早的时候遇害的。比如,在樱木先生和栗原夫妇被杀害之前……"

N

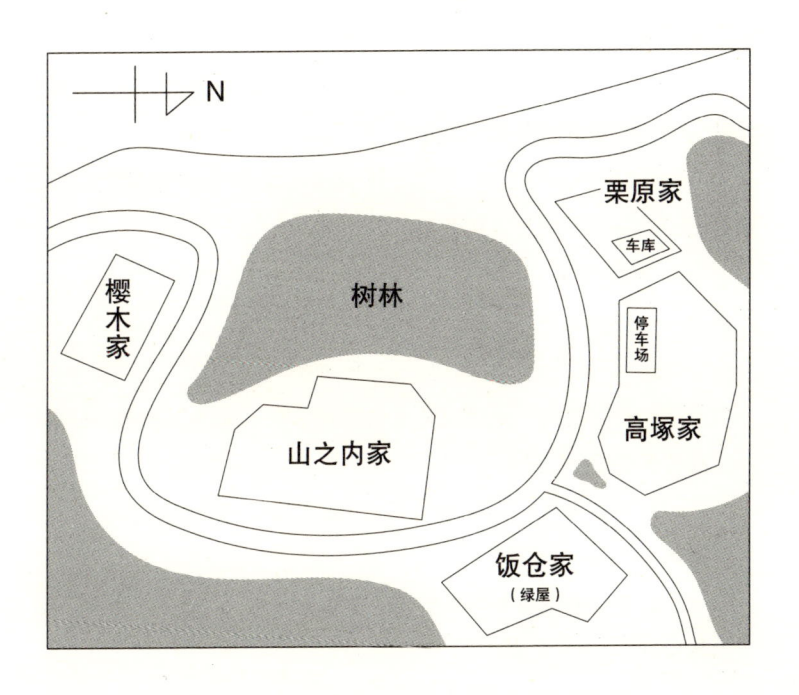

栗原家
车库

树林

樱木家

停车场

山之内家

高塚家

饭仓家
（绿屋）

加贺盯着示意图看了一会儿，低声说了句"我明白了"，接着道："凶手杀害桂子夫人后，又杀害了栗原夫妇，接着袭击樱木先生他们，最后杀害了鹫尾先生。海斗目击到的，可能是凶手完成全部犯罪后正在逃走的情景。"

"如果是这样，他为什么再次出现在我家别墅呢？"高塚俊策提出了疑问。

"为了找找还有没有别的猎物吧。"的场说，"毕竟凶手想得到死刑，所以要尽可能多杀几个人。"

"管他的理由是什么呢。"樱木千鹤冷冷地说道，"这种杀人狂魔的想法，我们正常人当然理解不了。"

"嗯，如此看来，作案顺序可能有以下这些。"加贺在白板上继续补充——

1. 栗原正则、栗原由美子 → 樱木洋一 → 的场雅也 → 高塚桂子 → 鹫尾英辅

2. 栗原正则、栗原由美子 → 樱木洋一 → 的场雅也 → 鹫尾英辅 → 高塚桂子

3. 高塚桂子 → 栗原正则、栗原由美子 → 樱木洋一 → 的场雅也 → 鹫尾英辅

4. 栗原正则、栗原由美子 → 高塚桂子 → 樱木洋一 → 的场雅也 → 鹫尾英辅

"一共四种可能。大家有什么意见？"

所有人都凝视着白板。

"我想没什么问题。"高塚俊策说,"跟监控信息是吻合的,而且光从地图上来看,这几种行动顺序也都有可能。"

"各位同意吗?"加贺问其他人。

几人点了点头,没人提出异议。

"确实没什么矛盾,单从这上面来看,也没有不自然的地方。我猜,侦查当局应该也得出了同样的答案吧?"加贺说着看向了榊,榊并未否定。

"但是,"加贺继续说道,"此前榊科长说对警方的推论没有信心,这点可以理解。假如是我负责送检,一定也会为写材料头疼。"

"为什么?"春那问,"我觉得没什么问题呀。"

加贺笑了笑。"实际写写看就知道了。一般来说,犯罪过程是要从凶手的视角来写的。以上面第一种可能性为例,凶手最先袭击的是栗原夫妇,地点在车库。那么,凶手为什么会知道他们在车库里呢?只能推测,他是在别墅外窥视时,看到二人出了房子走进车库。那么,材料里就会这么写:凶手碰巧看到二人走向车库,遂决定在此行凶。接着是樱木家,也跟栗原家一样,凶手在偷窥时发现,原本在露台上喝酒的两人中有一人碰巧离开了,于是他从后方偷袭了落单的那个。不久,又一名男子碰巧从别墅出来,凶手便尾随袭击了他。再之后,凶手闯入高塚家,碰巧看到一名老妇人独自在家,遂刺死了她。正准备从高塚家逃走时,又碰巧撞见了另一名男子,便将他杀死。好,听到这里,有没有发现什么?"加贺望着春那。

"太多巧合了。"

"没错。"加贺点了点头,"不得不说,这里面每一件事的偶然性都太高了。用一句话来讲,凶手简直像是走一步看一步。最典型的就是在高塚家作案,如果桂子夫人不是只身一人,他打算怎么办?几个身强力壮的男人在那里,他就不怕被抓住?"

"可能他也没多想。"的场说,"那个桧川不是说了,杀人是为了能判死刑,不管是谁,反正看到一个就杀一个。既然从一开始就做好了被抓的准备,那就没什么可怕的了。我觉得仅此而已。"

"那么,为什么他要破坏部分监控呢?既然有被逮捕的心理准备,就算被拍到也没关系吧。"

春那倒吸一口凉气。是自己疏忽了,之前确实没考虑过这个问题。这么一说,还真是如此。其他人心情似乎也一样,都一脸不安地望向加贺,等待他往下说。

"杀谁都无所谓,这句话也许不假。"加贺开口道,"但很显然,至少在着手破坏监控的那一刻,他就已选定了目标。换句话说,从这时开始,就是某种意义上的预谋杀人了。他应该考虑过要如何实施犯罪,计划或许不够缜密,但想必他对作案顺序是做过一番研究的。然而他在真正实施犯罪时,却又是如此依赖巧合。正是觉得这点不对劲,我才说犯罪过程的文字材料不好写——榊科长,对此您是否有补充?"

榊揉了揉眼角,轻轻摇头:"没有。说来惭愧,我们得出的结论也正是你写的这四种可能性。但如你所说,凶手的举动前后是矛盾的。巧合太多了,缺乏说服力。所以送检时,我们只好说他原本是有计划的,后来想反正要被抓,就中途改了主意,变成了随机杀人。说实话,很勉强。"

"关于凶手选择这些人作为目标的理由,警方是如何描述的?"

"'很可能是看到他们在办奢华的烧烤聚会,因妒忌而产生杀意'。与其说是推论，还不如说是想象，依据十分薄弱。"

加贺道了声谢，再次面向众人："各位有什么想法？"

就在这时，传来了轻轻的敲门声，樱木千鹤起身向门口走去。

和门外的人简单说了几句后，她走回来。"这间会议室我们还能再用十分钟。"

加贺看了一眼手表。"都已经这个时间了啊，抱歉。看来是我主持得太糟糕了，一个问题都没有解决。"

"没有那样的事。"高塚俊策大声说，"您主持得非常出色，让我们弄清楚了很多事。不愧是刑警！"

春那也很赞同，干脆地说道："我也这么认为。"接着又有几人附和起来。

加贺很惶恐似的鞠了个躬。

"各位这么说，我很感激，但改变不了没能查出真相的事实。我个人认为应该继续查下去，但还是要看大家的想法。如果觉得已经足够了，或者能接受目前的结论，那我就到此为止，毕竟我是外人。大家怎么想？查证会就开到这里？"

"那可不行，"樱木千鹤立刻反对，"无论如何我都要弄清楚我丈夫被杀的原因。像现在这样，就算凶手被判了死刑，我也不会释怀的。"

"同意。"的场也在一旁举起手。

"我也反对就这么结束，"高塚说，"未解的谜团太多了。其实，有件事让我很在意，一直没跟大家说。"

"什么事？"加贺问。

"就是——"高塚说着又摇了摇头，"算了，现在先不提了。等讨论时觉得有必要了我再说吧。"

加贺似乎不太满意，但没有追问，转而看向春那。

"我也同意。"春那抢先开口道，"希望查证会能继续开下去。"

加贺点点头，将视线投向桌子那端："你们呢？"

栗原朋香对身旁的久纳真穗小声说了几句。久纳真穗转向加贺："朋香说大家决定就好。"

"我们也是，"小坂说，"大家要是想继续，那就继续吧。"

"不愿意的话，你就打道回府好了。"高塚生硬地说道，"刚才一时说得严厉了点，但那并不是我的本意。"

"没有没有，我愿意奉陪到最后。"小坂脸上满是真挚。

"那怎么安排呢？晚餐过后再找个地方碰面？"加贺问众人。

"我有一个提议。"高塚抬了抬手，"实际上，我已经在主餐厅订了间大包厢，七点开始。我们就在那里边吃边聊，如何？"

这句话出乎所有人的意料，惊愕和困惑夹杂着，氛围变得微妙起来。春那自然也一样。

"我倒是无所谓……"樱木千鹤说，"但可能有人希望，至少吃饭时不用去想案件的事。"

高塚不悦道："我不是说要把白板带进去一本正经地讨论，聊别的事也可以，或许聊着聊着会发现什么。当然，要是谁想去别处用餐，我也不会强人所难，总之是自愿参加——加贺先生，您觉得呢？"

高塚把决定权交给加贺，加贺面露难色，稍稍思考后说："既然是自愿参加，那我应该也没必要说什么了。大家都听到了吧？赞成这个提议的人请到主餐厅的包厢集合。至于查证会后续怎么开，我们再商量。现在先解散吧。大家辛苦了。"

加贺说完，众人都站起身。

"春那，你打算怎么办？"静枝问，"要去包厢吗？说实话，我不太想去。"

"我不知道……"

"你决定好了告诉我，我跟你一起。"静枝说着走出了会议室。

春那犹豫不决地看向加贺，发现他正把贴在白板上的示意图收起来，又拿起了板擦。

春那走过去，问："加贺先生怎么打算呢？"

"是说晚饭的事吗？您来定就好，反正我是陪您来的。"

"但是现在，您远比我了解案件的情况了。"

"没有这回事。"加贺把白板上的字擦干净，将板擦放回原处，"我对案件的一些部分确实有了一定的了解，但对于你们我还一无所知，就像这块白板一样，完全空白。照这样下去，可能最终也无法找到真相。"

听到这句若有所指的话，春那歪了歪头。"要查明真相，还必须了解我们吗？"

加贺用认真的眼神盯着春那，随后说："先出去吧。"

二人离开会议室，向电梯走去。加贺始终一言不发。

春那在犹豫要不要说出那封信的事。加贺无疑是值得信任的，告诉他想必也不会有什么问题。至少，如果请他保密，他应该会信守约定。

电梯到了五楼。向房间走去时，加贺突然说："为什么他会知道绿屋里没人呢？"

"什么？"

"假设桧川大志盯上你们,是因为看到了那个奢华的聚会,心生妒忌,可他怎么会知道这群人当中没有绿屋的主人呢?从监控录像里可以看到,他是径直从绿屋前走过的。"

"啊……"

"是不是可以这么想——桧川知道参加聚会的都有哪些人,他是基于这点实施的犯罪。"

二人走到春那房间前。春那停下脚步,抬头看向这位刑警。"您的意思是,所谓的杀谁都无所谓,是在说谎?"

"没错。"加贺的目光冷静而犀利,"我认为,他至少有一个明确的目标。可能是因为光这样还不足以判死刑,他才随机选了其他目标。"

"但是,其余的人也都和我一样,说不认识桧川啊。"

"只是你们不认识对方,但对方说不定认识你们。人经常会在不知不觉中招来仇恨,越是地位高、交际广的人,就越可能有这种危险。"

"这点我明白,但……"

"而且,"加贺压低了声音,"也不能确保每个人说的都是真话。"

"您是说,我们当中有人跟桧川有交集?"

"所以我才说,如果对大家一无所知,可能就无法找到真相。"

春那感到心跳加速。她深呼吸,试图平静下来。

"晚饭怎么办?"加贺问。

春那长长呼了口气,看着加贺的眼睛:"七点,我会去主餐厅的包厢。"

"我明白了。"加贺行了个礼,转身离开。

11

春那坐在床上,反复回味着加贺的话。这时,手机响了,是金森登纪子打来的。

"你好,我是春那。"

"是我,登纪子。现在方便吗?"

"嗯,正在房间休息。"

"那就好。不好意思,让你一个人和加贺先生去,没什么事吧?"

"没事。加贺先生果然很厉害,请他来是对的。"

春那跟登纪子说了加贺主持查证会的事,并说他做得很出色,发现许多疑点。

"他当主持啊……总觉得有点无法想象。不过既然是他出手,发现疑点也是必然的。"登纪子听起来毫不惊讶,"不仅如此,说不定还会查出更多东西呢。"

"更多东西是指什么?"

"与真相密切相关的事。如果有谁隐瞒了什么,他一定不会轻易放过的。记住,在那个人面前,说谎是行不通的。"

她如此肯定,春那不由困惑。"是吗……"

就在刚才,加贺还说"不能确保每个人说的都是真话"。

"之后你就明白了。对了,心情怎么样?我想既然是查证会,肯定要反复回顾案情,有点担心你受不了。"

"谢谢关心。一点儿事也没有——虽然这么说可能为时过早,但我是做好心理准备才来的,所以撑得住。"

"听你这么说,我就放心了。"

"你那边呢?你父亲状况还好吗……"

春那听到登纪子笑了一声。

"好不容易回了趟老家,我正安安心心地尽孝呢。后天应该能回东京了。"

"这样啊。"

"加油哟!那我们回头医院见。"

"好。"春那挂了电话。她盯着手机,心想,父亲身体抱恙这件事果然是假的,否则登纪子不会用"安安心心"这种词。登纪子也并非说漏了嘴,显然是故意讲给她听的,好让她察觉。

春那看看时间,已经过了六点五十分,差不多该出门了。

把手机放回包里时,那个信封映入眼帘,里面装的就是写有"你杀了人"的信纸。春那仍在犹豫要不要告诉加贺。她害怕一旦说了事态会变得更严重,但藏着掖着似乎也不好。

记住,在那个人面前,说谎是行不通的——登纪子的话回响在耳边。

春那走进主餐厅,穿黑色制服的男人笑着迎上来:"请问您有预约吗?"

"嗯……是一位姓高塚的先生预订的包厢。"

男人脸上的笑瞬间凝固,也许是知道去那间包厢吃饭的都是些什么人。不过他很快又恢复了亲切的表情。"明白了,欢迎您的光临,我现在带您过去。"

男人在前面带路,春那跟在他身后。

餐厅很宽敞,摆放着一张张复古的木桌子,已经坐了不少人。客人们正其乐融融地用餐,春那看着他们,心想,那个凶手——桧川大志当时坐在哪一桌呢?

身穿黑色制服的男人打开靠里的门:"就是这间。"

春那走进包厢,看到两个男人站在门边,是小坂均和榊。小坂就算了,没想到榊居然也在。即使只是在饭桌上闲聊,他也打算听一听吗?

小坂躬身礼貌地向春那打了个招呼。

"夫人和令郎呢?"

"我儿子非要吃日本菜,他们就叫了客房送餐服务。当然,会长已经同意了。"

"这样啊。"

春那猜测,大概跟想吃什么菜没关系。对孩子来说,被一群大人包围着,在这种令人窒息的氛围里吃饭,想想都觉得痛苦。对他母亲来说,这也是一个用来逃掉聚餐的好借口。虽说名义上是自愿参加,但小坂一家来不来,似乎都得高塚同意才行。

春那看向包厢内,这里放了一张长条形的桌子,可以容纳十个人面对面用餐。白色的桌布和古典雅致的装修相得益彰,简直像在国家迎宾馆里。

她猜到那两人为什么站着了。因为这里布置得太夸张,他们不知道坐哪里合适吧。

"打扰一下。"榊说着走过来,"加贺警部和你认识?"①

"嗯……"

春那注意到,榊用了"警部"这个头衔来称呼加贺。

"你们是什么关系?哦,我只是好奇,不回答也没事的。仅仅为了陪同,他就专程从东京赶到这种地方来,我想你们的关系应该很亲密吧。"

这话问得实在唐突,难道是怀疑加贺和她有男女之情吗?明明她丈夫才刚刚去世两个月。

"是工作上的前辈介绍我们认识的,但她跟加贺先生是如何相识的我就不清楚了。"春那努力控制语气中的不悦。

"哦,这样啊。这次的事是你拜托加贺警部的吗?是你请他一起参加查证会,还是他听说后主动提出陪你来的?"

"我跟前辈讲了查证会的事,她建议我去请加贺先生帮忙。有什么不妥吗?"

"没什么。"榊刻意挤出一丝勉强的笑,"警视厅搜查一科的人应该很忙,所以我猜是不是加贺警部自己对这起案件感兴趣。"

"那我就不清楚了。"

不知榊对这个回答是否满意,总之,他不置可否地点点头离

---

① 日本警察的警衔由上向下分为警视总监、警视监、警视长、警视正、警视、警部、警部补、巡查部长、巡查。

开了。

榊知道加贺的职级和部门，这让春那有些在意。加贺应该没有在他面前详细地介绍过自己。也许是查证会后，他又去打听了一番。

门开了，又进来三个人，是栗原朋香、久纳真穗和静枝。静枝把半长的头发扎了起来，将开衫换成了披肩。她没有在酒店订房，想必是把行李放在寄存处了。看来她觉得今天的战线会拖得很长，所以做好了准备。

接着进来的是高塚俊策和加贺，最后是樱木千鹤，的场跟在她身边。

"怎么了？大家为什么都站着？"樱木千鹤面露惊讶。

"因为不知道该怎么落座吧，"静枝说，"大家都在客气呢。"

"随便坐呗——会长，您说呢？"樱木千鹤询问在场最年长的人。

"女士优先嘛，各位女士先选，怎么样？"

"那就按年龄顺序，从最小的开始。朋香，你第一个，选个喜欢的位置吧。"

听樱木千鹤这么说，朋香和久纳真穗向里走去，两人对视一眼，在桌尾并肩坐下。

接下来是春那。她没有什么偏好，也就随意在桌尾坐下了，与久纳真穗相对。

静枝坐在朋香身边，樱木千鹤则坐到了静枝身旁。

然后是男人们。在春那这一侧，榊、高塚、小坂沿桌首依次坐下，春那旁边是的场。加贺则坐在榊的对面，也就是静枝那侧的桌首。

身穿制服的服务员走进来分发菜单。

"你就是后藤?"高塚问道,并没有接过菜单。

"是的。"服务员回答。他三十岁左右,眉毛修得整齐干净。

"哦,我来之前就决定好要点什么了。给我来份'鹤屋特别晚餐'——"高塚发表宣言似的说完后,环顾众人,"这份套餐是什么,想必各位都很清楚吧。"

春那感觉气氛顿时一冷。她当然知道这份套餐背后的深意。

"我可不觉得这是什么好主意。"樱木千鹤口气生硬,"和杀害亲人的凶手吃一样的东西……"

"我也不愿意这样。说真的,我甚至希望餐厅能永远撤掉这个套餐。但转念一想,要看清案件的本质,这么做是有必要的。凶手在做出如此残忍的事后,到底是怀着怎样的心情吃晚餐的,我们恐怕只有吃同样的东西才能揣摩出来。为了详细了解他用餐时的情形,我在预约时,特地请他们安排那晚当值的人来服务,应该就是这位后藤吧。如果有人光是看到这个套餐就受不了,那就请自便好了,总之我是不会改主意的——后藤,就这么定了,来一份'鹤屋特别晚餐'。"

"好的。"名叫后藤的服务员神情僵硬。

"我明白会长的用意了。那么我也要这个,谢谢。"樱木千鹤说,"虽然令人不愉快,但既然要在这家店吃饭,总得吃得有意义。还有,这个套餐是店里最贵的吧?"

"是的。"后藤回答。

"那就更应该点这个了。要是比凶手吃得便宜,那多窝火。"

"没错,就是这样。"见有人赞同,高塚显得很满意。

"那我也奉陪吧。"的场合上菜单,"我纯粹好奇杀人犯吃了什么。"

"我也点这个吧。"小坂附和道。

在春那对面,久纳真穗和朋香小声交谈起来。别勉强——久纳真穗这么说了一句。

"不用跟大人选一样的,"似乎是听到了她们的声音,的场对朋香说,"点你想吃的就行,那个套餐可能也不合你口味。"

朋香的眼里闪过一丝光。"我没什么想吃的。"抛出这句话后,她转向后藤,"我也要'鹤屋特别晚餐'。"

"那我也点这个。"久纳真穗说。

"我……就算了。"静枝看着摊开的菜单,"量太大了,感觉吃不完。来一份A套餐吧,谢谢。"

"我也要A套餐。"榊说着把菜单还给后藤。

"我要B套餐。"加贺说。

后藤来到春那身旁:"客人您呢?"

春那还在犹豫。她毫无胃口,而且就如静枝所说,从菜单上看,特别晚餐的分量很大。而A套餐和B套餐菜品比较少,应该能吃完。

"我要B套餐——"春那一开口,就与对面的朋香四目相对。这个父母双双被害的女孩,正用漆黑的眸子望着因同一个凶手而失去丈夫的春那,似乎在说,你该不会在这个时候退缩吧?

看来不是能不能吃完的问题——

春那下了决心。她合上菜单,对后藤说:"我也要'鹤屋特别晚餐'。"

"好的。"年轻的服务员鞠了个躬。

"啊,等等。"后藤正要离开时,高塚叫住了他,"听说那天桧川还点了葡萄酒?"

"是的。"后藤表情僵硬地答道。

"知道是什么酒吗?"

"侍酒师应该还记得。"

"能帮忙把他叫来吗?"

"好的,我让他尽快过来。请诸位稍候。"后藤走出了包厢。

"吃一样的套餐还不够,还要喝酒?"樱木千鹤问高塚。

"俗话说,既要服毒,何妨舔餐盘①。你呢,喝不喝?"

"当然。"

"小坂,你也陪我们喝一杯吧。"

"可以吗?"

"当然了,这种时候还客气什么。其他人呢?"

听高塚这么问,的场举起手,春那也一样。

包厢门开了,一个小个子男人走进来。

"我是本店的侍酒师,请问各位有什么需要?"他和后藤一样,脸上也带有紧张之色。

高塚招了招手。"你应该听说了,我们想问问,桧川大志那家伙当天点了什么葡萄酒。"

即使是坐在一角的春那,也能清楚地看到侍酒师的脸颊微微抽搐了一下。

---

① 原文为"毒をくらわば皿まで",意为既然做了就把事情做彻底。

"在用餐的前半段，那位客人点的是蒙哈榭。"

"那位客人？"高塚提高了语调，"你在说哪儿来的上宾啊？"

"啊……非常抱歉。"侍酒师脸色一僵，"桧、桧川喝的是……呃……蒙哈榭。"

"是你推荐的？"

"不是，是客人……呃，是他自己提的，我推荐的是别的酒。"

"他只喝了这个？"

"不，上主菜之前，他又问我有没有玛歌酒庄。"

"玛歌酒庄？"高塚提高了嗓门，"然后呢？"

"当然就给他了……因为店里有。"

"点了玛歌酒庄啊……在你看来，那个桧川对葡萄酒很有研究吗？"

"不，"侍酒师努力回想着，"看起来不像。比方说白葡萄酒，蒙哈榭也是分很多种的，问他具体要哪种时，他好像不太明白的样子，玛歌酒庄也是一样。我猜他只知道这是高级葡萄酒罢了。从喝酒方式来看，他也不像平时喝惯的人，喝第一杯时还用双手去拿酒杯。当时我就觉得他很奇怪。"

"用双手拿酒杯？好，我知道了，谢谢。给我们准备一样的酒，上酒时间也要跟那晚一样。"

"明白了。请问需要几个杯子？"

"五个。"

"好的，我这就去准备。"

侍酒师离开后，高塚叹了口气。"在最高级的餐厅，点顶级的料理和葡萄酒，桧川肯定觉得这是死前最后一顿饭了吧。所以他把所有的钱都拿出来,尽情挥霍一把。可真是肤浅啊!虽然和预料的差不多,但一想到妻子居然死在这种浅薄的人手上,我就忍不住感到一阵阵空虚。"

"那又如何呢?今晚就把这空虚也一起吃干净吧。既要服毒,何妨舔餐盘,不是吗?"樱木千鹤冷冷的声音回荡在包厢里,像是要迫使人痛下决心一般。一时间,沉默笼罩了所有人。

12

前菜是鸡尾酒虾配鱼子酱,餐具和摆盘都很精致,有人忍不住发出赞叹。

侍酒师也来了,给几人的杯子里倒上白葡萄酒。

"后藤,"高塚和服务员搭话,"你还记得桧川吃这道菜时的样子吗?有没有什么让你印象深刻的事?"

后藤舔了舔嘴唇。"我刚放好盘子,他就开始吃了。我当时有点惊讶,原以为他肯定会先拿手机拍照。"

"呵呵,"樱木千鹤冷笑一声,"现在到处都有这种人。"

"还有呢?"高塚问。

"我没仔细看,不过感觉他吃得很快。说难听点,简直是狼吞虎咽。"后藤抬起胳膊,做出往嘴里扒拉食物的样子。

"真粗俗。"

"是的,看上去很不得体。"

"好的,谢谢。"

高塚拿起叉子，仿佛这是个信号一般，所有人都开始用餐。

春那也把虾放入口中。一番咀嚼后，鱼子酱的风味和鲜虾的芳香融合在一起，丰富的味道蔓延开来。本以为在这么沉重的氛围中肯定尝不出滋味，没想到菜品非常可口，打消了她的顾虑。春那不由自主地将手伸向酒杯。

"这么一流的菜品却狼吞虎咽，真是个粗俗的人。"樱木千鹤恨恨地说道。

"但不可思议的是，他居然能吃得那么香……"静枝拿着叉子歪了歪头。她的前菜是蔬菜、鱼和贝类的拼盘。"明明做了那么残忍的事。我觉得他肯定会精神亢奋，没有食欲才对。"

"一般人确实是这样，在特殊状态下，交感神经会变得兴奋，并抑制食欲。"的场回应道，"但也可能相反，出现食欲大增的情况。您听过'多巴胺'这种脑内物质吗？当大脑感受到压力时，就容易分泌多巴胺，进而刺激摄食中枢，让人食欲大增。有人一不开心就会暴饮暴食，也是这个道理。听了刚才的话，我想桧川当时就处于这种状态。一开始他用双手拿酒杯，说不定就是因为单手拿会发抖。他处于兴奋状态，而这也是压力导致的。"

"原来是这样，受教了。"静枝语气中透出佩服。

"不愧是医生。"高塚也跟着说。

"哪里，这些东西，稍有些知识的小学生也能讲。"

"说到这个，你们樱木医院有什么打算吗？"高塚停下手中的叉子，朝对面问道。

"托您的福，大家齐心协力，总算是维持着。毕竟我们医院里有很多优秀的人才……"樱木千鹤露出淡淡的微笑，"所以会长，如果有人拜托您推荐一家能通融的医院,您还是可以像之前一样,推荐我们樱木医院就好呀。"

"那我就安心了。但是,医院也不能一直没有院长吧。是不是尽早定下接班人比较好?比如说,理惠小姐的婚事,你怎么考虑?"

"这件事还不急……毕竟七七刚过没几天。"樱木千鹤含混地回应道。她向来强势,对于这么私人的提问,想必因为对方是高塚,她才没有表现出明显的不快。

"那你呢?"高塚转而去问的场,"我就直说了,订婚这种不尴不尬的状态,你父母不担心吗?"

"这个嘛……"的场难得地支支吾吾起来。大概是碍于他的身份立场,不好回答。

"雅也家里只有母亲,"樱木千鹤说,"父亲在他小时候就过世了。"

"哦,这样啊。"

"听说他母亲独自抚养他长大,吃了不少苦。"

"我说过这些吗?"的场转向樱木千鹤。

"我是听理惠说的。你要去读医科的时候,你母亲到处低头,跟亲戚求了个遍什么的。"

"我连这些事都和她说了吗……"的场拿着叉子,歪着头思索,看起来不像在做戏,而是真的没印象。

"哦?看不出来你过去是个苦学生嘛。"

"您就别拿我开玩笑了。"

"我可没取笑你,是真心感到佩服。这么一说,不就更应该早点让你母亲放下心来吗?"高塚执着地继续这个话题。

"我丈夫之前说,他俩的婚期要由他来定。"樱木千鹤说,"雅也是尊重他的想法的,对吧?"

"嗯,是的。"

"但是你丈夫已经过世了。千鹤夫人,现在由你来替他做决定吗?"

"是的。不过,我丈夫心里到底怎么想的,我还要好好思量思量,然后再决定,反正也不急。雅也,这样可以吗?"

"当然,按您的想法来就好。"的场的口气听起来有些生硬。

服务员进来撤掉盘子,端上了下一道菜。从菜单上看,这道菜是蜗牛烩蘑菇派。众人用叉子把酥皮破开,小心翼翼地放入口中。虽然有点烫,但香气瞬间充满了口腔。

"这是……蜗牛?"朋香看着内馅,问坐在一旁的久纳真穗。

"是的。"年轻的女辅导员回答,"我也是第一次吃。"

朋香叉起一块蜗牛肉,犹豫着要不要放进嘴里。

"没关系的。"春那说,"这不是随处可见的那种蜗牛,是可食用的品种,应该是人工养殖的。毕竟谁也不知道野生蜗牛平时吃什么。"

"您知道得真不少。"

"我也是从一个做法餐主厨的患者那里听说的。"

朋香战战兢兢地将蜗牛放入口中,嚼了嚼,便咽了下去。

"怎么样?"春那问。

朋香莞尔一笑:"好吃。"

"那就好。"

这还是女孩今天第一次露出如此柔和的表情。春那再次意识到,美食能驱散人心中的阴霾,哪怕只是片刻。

"寄宿学校的饭菜好不好吃?"

朋香歪头想了想。"还行……"

"那就好。"

"但是，还是妈妈做的家常菜好吃。简直没法儿比。"朋香声音很轻，在安静的包厢里却显得格外响亮。

一瞬间，空气似乎凝固了。或许是注意到了这点，朋香说了句"抱歉"。

"没事的。"静枝对她说，"妈妈平时都做些什么菜呢？"

"奶油蟹肉可乐饼啊，春卷啊，还有咕咾肉。我都很喜欢。"

春那想，都是些在家做起来很费工夫的菜。如果用的是冷冻食品就简单了，不过应该不会吧。栗原由美子虽看着不像顾家的类型，但人不可貌相。

"宿舍是一人一间吧？平时除了学习，还干些什么呢？"静枝换了个话题。

朋香又歪了歪头，说："刷刷社交平台，或者上网看电影、追剧什么的。差不多就是这样。"

"在寄宿学校，孩子们有多少自由时间呢？"春那问久纳真穗。

"傍晚六点吃过晚餐后，基本都是个人时间了。休息日时三餐自己解决，还算比较自由。"

"休息日你会出去吗？"

听了静枝的问题，朋香答道："不怎么出去。以前一放假我就回家，但现在家里也没人了。"

"啊……"静枝露出尴尬的神色，不再说话。不管什么话题，聊下去都可能让人不快。

包厢里一时间鸦雀无声，只有叉子和餐盘相碰发出的声响。

"实在是太过分了。"高塚打破沉默，"就因为那个脑子不正常的男人，不仅无辜的人丢了性命，连活着的人今后的人生也被搞得一团糟。虽说他总归是要判死刑的，但光是这样我咽不下这口气。更何况，判死刑正合他的心意。真是叫人难以接受。"

"看周刊杂志里说，那个叫桧川的男人家庭条件并不差，"樱木千鹤自顾自地说，"相反，还挺宽裕的。"

"是《周刊世报》吧？那篇报道我也看了。"小坂回应道，"文章里说桧川的父亲是财政部的官员。"

"没错，他们家住在高级住宅区，是栋宽敞的大房子。据说还在院子里盖了独立的小屋，任他为所欲为。他肯定是让父母宠坏了。"

"但我看到的文章说，他跟家人的关系似乎很差。"的场也参与进来，"给他建独立的屋子也是为了避免碰面。我是在网上看到的，不知道是真是假。"

"据说他没考上大学，"小坂接着说，"也没去工作，基本上过着闭门不出的生活。资讯节目里说，他的邻居很多年没见到他了。"

"资讯节目？你还看那种东西？"高塚语带责备。

"嗯……"

高塚冷笑了一声。"那种节目，我能不看就不看。不就是一些艺人和自居学者的家伙，不负责任地乱说一通吗？这帮人成天起哄，有让世界改变过半点吗？没有吧？这次也一样，他们才不是为了揭露真相，不过是哗众取宠。等观众看腻了，也就到此为止了。说到底，电视台什么的，原本就是一群看热闹不嫌事大的家伙。"

听到高塚如此不悦，春那心想他肯定不止一次看过这种节目，并且被破坏了心情。

"惭愧。我因为好奇，忍不住看了一些。"

"算了，趁这个机会，你就说来听听，那些节目都瞎嚷嚷什么了？"

"其实我看得也不多……"

"说你看过的就行。比如，他们是怎么说那个凶手的？"

"他们说，呃，桧川从小被父母寄予厚望，家里为他的教育花了不少钱，但成绩一直上不去。他有个优秀的妹妹，所以后来父母就把期待转移到了他妹妹身上。大概就是这些。"

"什么啊，净是些无聊的话。"

"抱歉……"

"那他父亲呢，现在怎么样？还在财政部？"

"这个我就……"

"肯定辞职了吧。"樱木千鹤说，"儿子是杀人犯，自己还赖在政府部门里，那脸皮也太厚了。毕竟是用我们纳税人的钱发的工资。"

"嗯，这个社会也不会容忍这种事的。"高塚说道，"说起来，除了想判死刑这一个犯罪动机，他还想向家人复仇——榊科长，没错吧？"

面对突然抛过来的问题，榊显得有些慌张，他拿起杯子喝了口水。"桧川的供述里确实是这么说的。"

"哦，那他杀陌生人干什么，把家人杀掉不就行了？你们不这么认为吗？"高塚环顾众人，但没人应声。

服务员后藤走进来。下一道菜是法式鸡肉冻。

"对了，会长，别墅您有什么打算？"樱木千鹤举着酒杯问。

"你是问，要不要处理掉？"

"对,我家是这么打算的。虽然我挺喜欢那房子,但以后大概是不会去住了。我问我女儿,她也说再也不想去那里了。"

"我也一样,而且案发现场在我们家里,按照警方要求,现在还保留着当时的血迹什么的。就算打扫干净,也不想再去住了。尽管名义上是公司的疗养院,但以后肯定也没人愿意去,我想只能处理掉了。话虽如此,也不知道能不能卖掉。怎么说都是死过人的事故房,要是一直没人买,到头来就只能拆除了。"

"栗原小姐,你家——"说到这里,樱木千鹤摇了摇头,"不好意思,你还是初中生,这些事不太懂吧。"

"他们说只能卖掉。"

没想到朋香立即回答,樱木千鹤惊讶地睁大了眼睛:"他们是谁?"

"爸爸公司的人。我家的别墅好像也被当作公司的资产来处理。"

"原来如此。也是啊,栗原先生是注册会计师,不可能没考虑过这些。所以,栗原家的别墅也要卖掉。"

"啊——"的场突然想起什么似的,欲言又止,"算了,没什么。"他继续用餐。

"怎么了,雅也?别吊人胃口。"樱木千鹤说,"话讲到一半可不行,说清楚。"

的场轻轻地叹了口气。"我在想,栗原家的别墅也许不能算事故房。"

"为什么?"

"啊,对啊。"小坂也反应过来。

"怎么说？"高塚问。

"一般来说，事故房指的是有人在里面被杀或者自杀的房子。如果事故发生在房子外的区域，就不适用了吧。"

"房子外的区域？"

"栗原夫妇是在车库里遇害的。"

高塚长长地"哦"了一声。"确实，他们家的车库是独立的，只要拆掉就没什么问题了。"

"不算事故房的话，那在车库里遇害也是不幸中的万幸了……"说到这里，小坂赶紧道歉，"对不起，我说了奇怪的话。"

听着他们的对话，春那心中乌云密布。大家都失去了至亲，但相应的财产损失却各不相同。看样子，似乎每个人心中都在暗暗算计着。

"你呢？"樱木千鹤问静枝，"今后还会继续住在那栋房子里吗？"

静枝正要用汤匙把南瓜汤送入口中。她停了下来，说："我确实有一些打算。"

"考虑搬家吗？"

"嗯。"静枝答道。

"是啊……确实会感到不适呢。毕竟亲人是在自家院子里遇害的。"

"不只是这样。"静枝放下汤匙，"案件发生后，有很多人找上门，除了警察，还有媒体、自由记者什么的……这两个月甚至好几次有陌生人来搭话，缠着我问这问那的。还有人纯粹出于好奇专程过来，把车停在我家门前，拿手机拍来拍去。估计这些照片都被发到网上了。"

樱木千鹤长叹一声。"我最近不在这边住，所以完全不知道这些，但的确不难想象。真让人难受啊，想逃离也是自然的。"

"但我还不知道该搬去哪里……如果还是住在附近，不管做什么都会想起这桩案子吧。"

听着静枝沉重的语调，春那意识到了自己的无知。这起案子改变了她的将来，但她从未想到静枝的人生其实也受了影响。

"没有想过回东京吗？"的场加入对话，"您以前住在东京吧，好像是港区？"

"对啊，你在东京有好几处房产吧。记得你以前说过，那儿还留着自用的屋子，方便去东京时住。"樱木千鹤说。

"那个屋子只能用来睡觉，长期住就太小了。而且，一想到城市的喧嚣，我还是有点犹豫。"

静枝靠出租亡夫留下的房产过日子，似乎需要定期去东京跟物业公司谈事情。不过，她具体有哪些房产，春那也不清楚。

"总之，大家都在考虑搬走。唉，没想到事情变成了这样啊。"高塚深深叹了口气。

后藤小心翼翼地走进包厢，继续上菜。摆在春那他们面前的是法式清汤。

"我们这些被害人家属聚在一起，吃着跟凶手一样的套餐，不知道那个服务员心里会怎么想。"待后藤出去，樱木千鹤小声说，"说不定感到很不舒服，在背后议论我们呢。"

"应该不会吧……"静枝小声反驳道。

"谁知道呢，幸灾乐祸的大有人在，可能他现在已经迫不及待想要在网上爆料了，只不过怕被酒店发现了开除他，所以才忍着。

在世人看来，这起案件可不单是一场荒唐的惨剧，也是能尽情发挥想象力的好素材呢。雅也之前好像说过，有人认为被害人都是自作自受。"

"怎么会……"春那下意识看向旁边。

"网上的言论，不用放在心上。"

"我倒想听听，究竟怎么个自作自受法？"高塚厉声问。

"网上有些人就是这么又无聊又恶趣味。哪怕是荒唐至极、被害人毫无过错的案件，这些家伙也一定要把死者的个人信息查个底朝天，然后牵强附会，得出这种近乎诽谤的结论，说什么'他们会被盯上，都是有理由的'。犯不着跟这帮人计较。"

"没关系，你就说吧，他们在网上都说了些什么？是不是也有关于内人的？"

"并非针对夫人个人，而是高塚集团旗下的连锁居酒屋……"

"他们是怎么说的？"

"唔，我觉得是极其有恶意的揣测……"的场斟酌着用词。

"不用顾虑，你就直说吧，我倒要听一听。"

"我看到的是针对过劳问题的发言……就是之前那个兼职店员因为不堪重负自杀的事。桂子夫人是连锁居酒屋的实际经营者，发言者指责她大搞裁员，迫使员工超时工作，是罪魁祸首。"

"真无聊。"高塚脱口而出，"那件事早就和解了。"

"但是，我也看到这样的评论，还有许多人控诉因过劳留下了后遗症，觉得桂子夫人避重就轻，一味逃避责任，因此怀恨在心。"

"什么意思？你是想说，桧川盯上桂子，是觉得像她这样被全社会怨恨的人杀了也无所谓？"

"我不是这意思。是您说想听听这些恶评,我才转述的。我再三说了,不过是网上的流言蜚语罢了。"

"哼,这个社会就是有脑子不好的人。"高塚拿起酒杯,喝光了剩下的葡萄酒。

服务员后藤走了进来,撤下空的汤盘。大家都默不作声。

下一道菜是生煎三文鱼,空气中飘来柠檬黄油酱汁的香气。

后藤点头示意后,走出了包厢。高塚迫不及待地追问道:"还有其他人被这样议论吗?"如果只有自己的妻子遭人诽谤,他恐怕咽不下这口气。

"我想是有的,但记不太清了。反正都是胡言乱语。"

"小坂,你呢?你有没有看到类似的议论?"

"不知道算不算……"小坂有些迟疑地开口,"我看到一些关于高端美发沙龙的评论。"

"高端美发沙龙?"

"说是被害人中有人经营高端美发沙龙,只接待有钱的VIP客人,所以招来凶手的反感。还有,这个经营者年轻时曾在发型设计比赛中获得冠军,但实际上是抄袭了朋友的创意,因此遭人记恨。"

春那意识到这是在说栗原由美子。当然,其他人应该也想到了,朋香更不可能毫无波澜。春那一边用餐,一边悄悄观察对面的女孩。但女孩只是面无表情地动着刀叉。

气氛尴尬起来。这时,门开了,进来的是侍酒师。他手中拿着一瓶红酒走向高塚。"这就是那天的红酒。"

"玛歌酒庄啊……"

"是的,需要打开吗?"

"当然，再拿五个杯子。"

"啊，不用算上我。"春那说，"这么贵的酒，我还是算了。大家喝吧。"

"如果不喜欢喝酒我就不勉强了，否则还是请你和大家一起喝一点儿。"高塚看向春那，"先声明一下，我也不乐意这么做。一想到这是凶手点过的酒，谁还有心思细细品味？但这可以说是一种仪式，不是价格的问题，而是不喝不行。你说呢？"

话说到这个份儿上就不好拒绝了。

"好吧，那我奉陪。"

高塚满意地点了点头，再次跟侍酒师吩咐了酒杯数量。

不一会儿，主菜上来了，是黑毛和牛铁板菲力牛排。侍酒师也差不多同时进来，往硕大的红酒杯里倒酒。

时间静静淌过，一时只能听到餐刀切牛排的声音。

高塚发出一声惊叹："看来我得撤回刚才说的话。虽然之前说没有兴致，但这牛排和红酒还真不一样，尝一尝也不亏。一想到桧川把这种美味当最后一顿来吃，就觉得可恨。"

"嗯，太好吃了！"小坂兴奋地说道，"真是惊喜啊。油脂分布得恰到好处，肉质也很嫩。光是用刀切肉都让人觉得愉快。"

听了这句没心没肺的话，春那心中像长了个小疙瘩。这疙瘩迅速变大，重重顶在胃上。她忍不住把刀叉放在盘子上，伸手去拿水杯。

要是没人开口，事情也就过去了。但感到不适的并非春那一人。

"这么说不太合适吧？"樱木千鹤说，"我是指，'用刀切肉'这种措辞。光是听到这个词，那些我永远不想再回忆的场景又浮现在眼前，刺激太大了。拜你所赐，现在完全没了食欲。"

"啊……对不起。"

"不用道歉。看菜单就知道有肉类，刀也是一开始就摆在这儿的。可能是我太敏感了，大家慢慢吃，不必在意我。"

静枝也放下刀叉。她点的不是特别套餐，但主菜也是肉类。

"我说了不用在意我的。"樱木千鹤把手放在她肩上。

"哦，没什么，我只是感觉饱了。"

"我也是。"朋香也停止了用餐。

春那也将刀叉收到一旁，完全没了吃饭的心情。

"真的非常抱歉，我也不知该怎么弥补才好……"小坂手足无措。

"有些医学生和实习医生也会这样。"的场切着牛排说道，"做完手术后，敏感的人就会暂时吃不下东西。不过也有一些怪人，反而特别想吃肉，比如那种血淋淋的牛排。"

"雅也，别说了，真够恶趣味的。"樱木千鹤皱起了眉。

"可是，跟凶手点相同的套餐本身就够恶趣味了，不是吗？所谓'既要服毒，何妨舔餐盘'，吃的都是毒药了，会痛苦也是没办法的事。"

"是啊。更何况，怎么能为了一个卑劣的罪犯放弃这样的美食？所以，我认为今晚特意来吃这些，是非常有意义的——啊，好吃，真是太好吃了！"高塚嚼着牛排，喝着红酒，连连点头。

过了一会儿，后藤来收拾主菜的餐盘，见有些盘子里还有剩余，便询问是否需要撤下。他一副认真工作的样子，看不出有任何想法。

甜品是苹果可丽饼配香草冰激凌。春那觉得这应该能吃下去，于是拿起了叉子。

"后藤。"服务员给大家上完咖啡和红茶后,高塚叫住了他。

"桧川就是把刀藏在这个甜品盘上?"

"是的。"后藤答道。

"具体是怎样的?"

"盘子上面放着餐巾,打开以后,就出现了一把刀。"

"你吓到了吧?"

"嗯……是的,刀上沾着血。"后藤目光有些游移。

"当时他是什么表情?在笑,还是在炫耀?说说你的印象。"

服务员露出苦恼的表情,想了一会儿。"怎么说呢,他其实面无表情。或者说,他好像是在观察,看我们经理是什么反应。"

"是嘛……谢谢,你可以走了。"

"好的……各位请慢用。"后藤松了一口气,匆匆忙忙离开了包厢。

"太荒唐了。"高塚愤愤地说道,"看来这个桧川不仅残忍,还有很强的表现欲。他特地把沾着血的凶器带过来,就是为了饭后的这一番表演吧。真是难以理解。"

"餐厅报警后,警方以违反枪支刀具管制法为由,当场逮捕了他,对吧?"的场像是在向众人确认,"当时他还带着别的刀吗?"

"有吗?"高塚转向榊。

"不,他没有携带其他刀具。"

"但实际上,桧川准备了好几把刀。"的场继续道,"樱木院长背上插着一把,还有……"他转向春那,"你丈夫胸口也插着一把,对吗?"

春那答了声"是"。

"桂子身上没有留下凶器。"高塚缓缓开口,"她浑身有多处被刺,但凶器还未找到。"

"也就是说,桧川至少准备了三把刀。"的场竖起三根手指,"根据这些刀上留下的痕迹,我觉得可以推断出他的作案顺序。"

"榊科长,"高塚再次问道,"关于这一点有什么发现,可以告诉我们吗?"

"抱歉,这个问题太大了,我无法回答。"

"怎么会?您应该很清楚我们想问什么,只要给出相应的答复就好。"高塚语气中透出不满。

"确实不行,因为从刀上得出的信息很多。由我来决定哪些可以讲、哪些不可以,未免也太随意了。当然,我也不可能把所有信息都说出来。"

"那就请加贺先生来提问,如何?"樱木千鹤提议,"他是专业人士,应该能正中要害。"

"嗯,好主意。"高塚立即表示同意,"加贺先生,麻烦您了。"

加贺为难地皱起眉:"现在并不是在开查证会,我这个局外人贸然插手,似乎不太合适。"

"是我们拜托您的,就不要在意这些了。"

"这样的话——"加贺喝了口水,将视线转向对面的榊,"请问那是把什么样的刀?是厨房用的刀吗?"

"不,是一把刀刃长约十五厘米的生存刀。"

"刀上是否检测出了指纹?"

"嗯,全都属于桧川。"

"刀上有血吗？"

"有，我是不是最好说说都有谁的血？"

"麻烦了。"

榊拿出手机。"桧川带到餐厅的那把刀，上面的血是栗原夫妇的。根据血迹的重叠情况推断，很可能是栗原正则先被刺，之后是栗原由美子。另外两把刀上的血，分别属于樱木洋一和鹫尾英辅。"

"是否混有其他人的血？"

"我们做了相当细致的检测，结论是没有。"

"也就是说，除了栗原夫妇以外，桧川每杀一个人就会换一把刀。"

"没错。"

"他用的都是同一款刀吗？"

"是的。"

"获取途径查清了吗？"

"是在网上买的，他的手机里有记录。"

"买了多少把？"

"十把。"

"十把？一把多少钱？"

"三千八百日元，算是便宜货。他打算用完就扔，所以买这样的也就够了。"

"是用真名购买的？"

"是的，他用了自己的卡。既然被抓是计划中的事，也就没必要使用假名了。"

"十把刀已经全部找到了吗？包括行凶时用的那些。"

"没有，"榊摇头，"一把带来了餐厅，两把留在遗体上。我们在他房间里还找到了五把未使用的，但剩余的两把下落不明。"

"其中一把杀害了高塚夫人，还有一把刺了我吧？"的场说，"这样就对上了。"

"数字是对上了，"加贺思考着，"但问题来了，他为什么不把刀留下呢？"

"也许是他在袭击我时，第一下没刺中要害，拔出刀准备再刺一次时，却由于某些原因放弃了。"

"某些原因是指……"

"不知道，也许是听到了警车的声音，决定先走为上。警笛声差不多就是那个时候响起的。"

"高塚夫人那边又怎么解释？他为什么没留下凶器？"

的场耸耸肩："这我就不清楚了。"

"本案侦查组的看法呢？"加贺重新转向榊，"为什么凶手刺了高塚夫人、的场先生后，把刀带走了？刀现在又在哪里？"

"侦查组认为，桧川这么做并没有特别的理由。"榊淡淡地答道，"他带了五把刀呢。行凶后如果来不及拔刀，他就直接逃跑，来得及的话就把刀带走，仅此而已。关键是，警方在案发现场周围开展了地毯式搜索，却始终没发现刺了高塚夫人和的场先生的刀，大概是桧川离开现场后处理掉了。但由于他本人保持缄默，要找到凶器非常困难。"

"谨慎起见，我想再问问，刀刺入的角度是否符合桧川的体形特征？"

"基本符合，没有什么疑点。"

"好的,谢谢。"加贺面向众人,"有关凶器需要知道的信息,我想大概就是这些了。"

"真厉害啊。"高塚满意地说,"那么,从中可以得出什么结论呢?"

"还得再整理一下才行。"

"那我们现在就开始吧,大家甜品也吃得差不多了。"

加贺惊讶地眨了眨眼:"您是说现在就正式开始查证会?"

"不可以吗?大家都在,不是正好嘛。各位意下如何?"

没有人明确表态。

"我先去跟餐厅确认一下,能不能继续用这间包厢。"静枝起身走了出去。

又要开始了吗?春那心情沉重起来。她知道自己一直处在紧张状态,精神上已经疲惫不堪。说实话,饭也吃完了,她很想回房间休息一会儿。

坐在对面的朋香和久纳真穗小声交流着,不一会儿,久纳真穗说:"各位,朋香好像很累。按照学校的作息,现在已经快到熄灯时间了。就算要继续开查证会,我也想让她先回房。"

"啊……"高塚不大高兴地说,"那也只能这样了。"

"让她去休息吧。"樱木千鹤干脆地说道,看向朋香她们,"没事的,你先回去,明天再见。"

"餐费该怎么支付呢?"久纳真穗问。

"不用操心,今晚算我的。让各位陪我吃了不想吃的东西,就当是一点儿补偿。"

"会长,那可不行。"樱木千鹤抬起了手,"又不是您非要我们吃,大家是自愿的。为了查证会能公正地开下去,还是互不相欠的好。"

"别说得这么严重……算了,那至少让我付酒钱吧,毕竟是我要点的。"

"好吧,那谢谢了。"

春那也小声道了谢。

静枝走进来,摇了摇头说:"包厢不能继续用了。餐厅要为明天做准备,还有管理方面的问题。"

"什么啊,一点儿都不懂得变通。"高塚咂了咂嘴,"还有没有其他适合的地方?"

没有人吭声,气氛有些尴尬。

"要不这样,"的场下定决心般开口道,"今天就先到这里。一下接收了这么多信息,我想大家的脑子都比较混乱。好好休息一晚再继续讨论,怎么样?明天也预订了房间吧?"

"我订了明天上午的位置,还是那间会议室。"静枝回答。

"那我们今天就先结束?"

"我赞成。"樱木千鹤举起手。

"我也觉得这样好。"春那坦率地说。

小坂和静枝也点了点头。

看到这个情形,高塚一脸不悦地挠挠头:"好吧,那就这样吧。"

"太好了。"榊说,"我本来还担心今晚回不去呢。"

"榊科长,明天您还会来吧?"高塚问。

"当然,请让我继续参加。"

"那么,能不能把之前留在现场的那件东西带过来?我想让大家看看。"

"什么?"

"就是攥在内人手里的东西。"高塚右手握拳。

"那是重要的物证,已经交给检方了,没法儿带过来。"

"你们在说什么?"的场问,"之前怎么没提起过?"

"傍晚查证会结束时,我曾说有件很在意的事,记得吗?就是这个。其实,桂子被杀时,右手紧握着什么东西,我把她的手摊开后,发现是一小张白色纸片。"

高塚拿出手机,快速操作一番,展示给众人看。"就是这个。"画面上是一张三角形纸片。

"我是在等警察来的时候发现的,就先拍了张照。似乎是从文件一类的物品上撕下的一角,但我想不出是什么,小坂也一样,所以我想给大家看看。不过,照榊科长的意思是不行了。桂子手里的纸片到底是什么?如果有人知道,请务必告诉我。"

高塚慢慢转动着手机,像是要让每个人仔细看清楚,但大家都没有反应。

"果然没人知道啊……"高塚失望地撇撇嘴角,放下手机,"要是谁想起了什么,请随时联系我。不便公开的话,我们就私下聊。"

"高塚先生……"静枝怯怯地说,"为什么这么在意这张纸呢?"

"为什么?这不是显然的吗?从现场的情况来看,桂子被杀时,手里攥着一张纸。有人试图将它带走,却撕破了,因此留了一部分在桂子手中。这个人是谁呢?是桧川吗?可并没有在他那儿搜查到疑似物品。对吧,榊科长?"

侦查机密就这么泄露了出去。榊苦着脸,但没说什么,只是简短地应了句"对"。

"而且，桧川也没理由这么做，因为他想被判死刑。只可能是有人在我们之前发现了桂子的遗体，并将她手里的纸带走。这个人还能是谁呢？我想大家应该明白我的意思了。"

"您是说，是当天在别墅区的人干的？"的场问。

高塚定睛看着他："难道还有别的可能性吗？"

没有人反驳。

"不知道被带走的纸是什么，恐怕是对此人不利的东西。为什么会在桂子手上，我也很在意。但现在我并不打算深究这一点，只想知道到底是谁干的。匿名也可以，我希望有人能坦白。我的房间号是〇六一一，晚上在门缝里塞封信也行。"高塚再次环顾众人，"我要说的就是这些。这顿饭我先买单——小坂，你在明天查证会开始前把大家的餐费整理好。"

"明白。"

"那么，我先告辞了。"高塚说着站起身。

"请稍等，我也有话想说。"樱木千鹤开口道，"听了会长的话，我在想，查证会照这样开下去，真的能查清真相吗？"

"什么意思？"

"加贺先生答应主持会议时说过吧，要是有人说谎，就会让我们离真相越来越远。这话我完全同意。但很可惜，大家似乎没能遵守约定。"

"你的意思是这里有人在说谎？"高塚环顾众人。

"不知道该不该用'说谎'这个词，但有人心怀叵测，这是肯定的。"樱木千鹤把包拿过来，取出了一个信封。她抽出里面的信纸，面向众人："给我寄这东西的人，应该就在这儿。听好，请你现在马上站出来，解释一下这是什么意思。"

她手中的信纸上印着一行字。不是别的，正是那句——

你杀了人。

13

泡在放满热水的浴缸里，春那感觉紧绷的身心都在一点点舒展。她搓着胳膊想，要是能就这么泡完澡躺到床上，什么都不去思考，一觉睡到天亮，那该多好啊。但她很清楚，这是不可能的。

樱木千鹤拿出来的那封信，让她在酒精作用下原已有些迟钝的大脑猛地清醒过来。她完全没想到，竟会在那里见到那封信。

之后事态的发展同样出乎意料，对樱木千鹤来说恐怕也一样。

最先开口的是静枝。她走到樱木千鹤面前，说："我也有这封信。"她说是几天前收到的。

"我也是。"接着是的场，"本以为只是单纯的恶作剧。就像我前面说的，毕竟网上信息已经满天飞了。"

春那无法再沉默下去，她从包里拿出那封信，表明是两天前有人寄来的。

"其实我也……"小坂从怀里掏出一张叠起来的信纸。和春那一样，他似乎也很犹豫，所以一直没说出来。

朋香也收到了。她把这件事告诉了久纳真穗，两人商量后决定暂且观望一下。

只有高塚俊策说完全没见过这样的信。但他情况特殊，之前家里的邮件都是桂子负责整理，他只需要查看她筛出来的那些就行。现在桂子不在了，很多时候邮件都积压着。

"我联系女佣，让她确认一下。"高塚说。

"看来很可能是给所有相关人员都寄了。"的场说，"是谁干的，目的又是什么呢？"

"我还以为肯定是这里的某个人寄的呢……"樱木千鹤似乎有些不知所措。

可是，就算声称自己收到了信，也未必就不是寄信人。大家恐怕都有这种疑虑，只是没说出口。

最后众人还是决定明天再讨论。提出疑虑的樱木千鹤似乎也认为，一时半会儿不可能得出答案。

得知不只是自己收到了神秘来信，春那心里轻松了一些。大家也都猜不出寄信人的意图。尽管还是觉得不舒服，但也只能静观其变了。

洗了澡，又做完皮肤护理，眼看就快到晚上十点了，春那有些着急。她和加贺约好要在酒店的酒吧见面，虽然定的是十点左右，可总不好意思让人等太久。春那赶紧准备出门。

酒吧在一楼。从灯光昏暗的入口走进去，先是一些散桌，再往里是吧台。春那停住脚步，环视店内，在角落的一张桌子旁看到了加贺的背影。意外的是，在他对面还有一张熟悉的脸——小坂七海。

春那走上前去，小坂七海很快留意到了她，做出要起身的姿势。

"你请坐,不要客气。"

"你和加贺先生约好了吧?我就不打扰了。"

"没关系,一起喝一杯吧——加贺先生,可以吗?"

"当然。"加贺回答。

见春那在加贺旁边坐定,小坂七海也坐了回去。

一问才知道,小坂七海独自在吧台喝酒时,加贺进来打了招呼,于是两人换到了散桌。

"我丈夫说在餐厅喝到了很好的葡萄酒,我就说让我也放松放松,于是就出来了。"小坂七海似乎很高兴。她面前摆着一个金属酒杯,里面好像是莫吉托。加贺喝的是黑啤。

春那叫来侍者,点了一杯缇欧佩佩。这是一种度数不高的西班牙雪莉酒。

"刚才两位在聊什么?"春那看看加贺,又看看七海。

"没什么,就是聊了聊我儿子的教育问题。"小坂七海回答道。

"孩子的教育问题?"

春那感到意外。这是和刑警聊的话题吗?

"不过是我在抱怨儿子快到叛逆期罢了。你知道吗,加贺先生当过老师。"

"哦?"春那惊讶地看向加贺。金森登纪子之前没和她说过这件事。

"只是很短的一段时间。"加贺用指尖做出捏起小东西的动作,"我发现自己实在无法教育青少年,很快就离开了那一行。所以,就算曾经是老师,我能做的也只有听听抱怨罢了。"

"因为当过老师,主持会议也很拿手呢。"

加贺摆了摆手。"请别这么说,听着像在讽刺我。是我水平有限,很抱歉。"

侍者送来了春那的酒。她说了声"我不客气了",举起了杯子。

小坂七海把金属酒杯递给侍者,又点了杯金汤力。

"您好像很喜欢喝酒。"加贺说。

小坂七海不好意思地缩了缩肩膀。"我已经在注意,尽量不喝多,但一不留神就……"

"那天晚上你一点儿也没喝吧?"春那说,"就是聚会那天,一直在帮大家烧烤。虽说是高塚会长的要求,我还是觉得过意不去。"

小坂七海脸上露出不悦。"大家肯定都看不起我们吧,一对任凭高塚会长差遣的可怜夫妻。"

"怎么会……我只是想,你们真不容易。"

小坂七海点的金汤力来了。她挤了挤配酒的柠檬,很享受地喝了一口,用指尖擦擦嘴角后,神色突然放松下来。

"我不否认。因为,要是被会长和夫人抛弃,我们一家就完蛋了。为了讨他们的欢心,我们什么都得做。毕竟,我丈夫可是背叛过会长一次的。你大概也知道,他之前忘恩负义地去了竞争对手的公司。"

"这件事我略有耳闻,结果那家公司破产了……"

"可笑吧?看到条件好便昏了头,也不先调查调查对方的经营状况就跳槽。后来,走投无路的时候,高塚会长主动问他,要不要回去从头开始。这简直是雪中送炭。不过,会长绝非就这样原谅了我丈夫,或者应该说,还是不信任他。所以,今年夏天会长提出一起去别墅时,我就知道这是一场测试。"

"测试？"

"测试他的忠心是不是真的。给我们安排不合理的任务、过分地对待我们，我们如果敢反抗或者表现出不满，那就是不合格。实际上，丈夫的同事也有类似的经历。我是听那个人的妻子说的，他们不知多少次感到屈辱，但忍过去以后，那个人很快就被安排到了重要的岗位上。所以，在来别墅前我跟丈夫商量好，无论如何也要通过这次考验。"

听了这番话，春那感到一阵头晕目眩。都这个年代了，还有这么荒唐的事吗？

"但这不是职权骚扰吗？"

"没错，就是职权骚扰。"小坂七海干脆地承认了，"要是留好证据去起诉，说不定能打赢官司。但这么大闹一场半点好处都没有。而且，测试也不会一直持续下去的。只要能取得会长他们的信任，将来就有保障了。或许你会觉得我们没有自尊心，但自尊心是不能当饭吃的。要是觉得瞧不起我们，也请随便吧。"

小坂七海一边喝着金汤力，一边用很快的语速说着。她措辞变得随意起来，看样子是有点醉了。

"那么，测试结果如何？"加贺问。

小坂七海拿着酒杯，歪了歪头。"怎么说呢？我觉得，应该不是不合格。但现在已经没法儿确认了，因为负责批卷的是桂子夫人。"

"啊……"春那下意识发出了惊讶的声音。

小坂七海呵呵笑了起来。"让人携妻带子参加旅行，全家人一起表忠心，这种方式原本就是桂子夫人提出的。要是惹她生厌，再怎么巴结会长也没用。堂堂会长，在夫人面前也抬不起头。毕竟，高塚集团能有今天，离不开她娘家的支持。"

"这些事我还是第一次听说。"

"你和会长夫妇交往不算久。但是，其他人都很懂其中门道，还给夫人准备了生日礼物。"

"生日礼物？"

"案发后我们离开别墅时，我帮忙整理夫人的行李，发现了两件礼物。一件是围巾，另一件是香水，都附了卡片，分别写着樱木千鹤和栗原由美子两位的名字。"

"这……"

"她们很明白，要跟高塚集团攀关系，到底应该取悦谁。不仅是她们俩，还有山之内静枝女士，她特地订了生日蛋糕呢。桂子夫人之前说过，来这个别墅区的女人个个都很厉害，不是狐狸就是豹子。"小坂七海喝了口金汤力，满足地呼出一口气，又冲春那摆摆手，"啊，不过，你不一样。桂子夫人对你好像不太了解。"

"狐狸和豹子？"加贺捕捉到这两个词，"请问这是在说谁呢？比如，狐狸是谁？"

"这个嘛，"一开口，小坂七海就突然想起什么似的眨了眨眼，把酒杯放到杯垫上，"这就不清楚了，我没听到那么多……抱歉，我好像喝多了，絮絮叨叨说了一堆胡话。请你们就当没听到吧，拜托了。"说完，她慌忙拿起账单。

"没关系的。再喝一点儿吧？"

对于加贺的邀请，小坂七海摇了摇头。"今晚就到这里吧。要是回去太晚，我丈夫会抱怨的。失陪了。"说着她站起身。

"能聊一聊真是太好了。明天也请多多关照。"

"啊，好的，也请你多关照……"

"晚安。"春那也说道。

"晚安。"

春那目送着她匆匆走向门口的背影。"她好像有点喝醉了。"

"看起来是的。不过托酒的福，听到了很有意思的东西。"加贺冷静地说，"所谓酒后吐真言，都是些很宝贵的信息。"

"您感兴趣的是哪部分？狐狸和豹子吗？"

"嗯，这个说法我尤其在意。"加贺喝了口黑啤，"看样子，她应该知道指的是谁，只是突然反应过来不能说出去。"

"狐狸和豹子……这到底是在说谁呢？"

加贺歪着脑袋，露出耐人寻味的笑。

对面的座位已经空出来，春那便坐了过去。"对了，有件事我必须向您道歉。"

加贺把脸稍稍凑近："是说那封信的事？"

"是的。"春那说，"从上新干线起，我就想着必须尽早告诉您，但不知不觉就错过了时机，很抱歉。"

"到今天我和您也才见了两次面，我并不指望您能把什么都告诉我。请不要放在心上。话说回来，您带着那封信吗？"

"是的。"

春那打开包，取出信封放在加贺面前。

"借我看一下。"他说着取出了信纸。只看了一眼，他脸上就露出了刑警才有的严肃表情。"你杀了人……这究竟是什么意思呢？"

"我怎么也想不明白。"

"从之前的交流看来，出席查证会的所有人应该都收到了这封信。可以认为,这句话里的'你'是指向你们每个人。而'人'这个字,似乎也不是指某个特定的对象。然后是所谓'杀了',有可能是故意采用极端的措辞来表达'致使其死亡'或'促使其死亡'的意思。如果这么解释,这句话就可以换个说法——你们中的每一个,都曾害死过人。"

春那正喝着雪莉酒,听了这番话,差点呛到。她放下杯子,慌忙调整呼吸。

"没事吧?"

"没事,就是吓到了。"

"为什么?"

"您刚才说,我们都曾害死过人……"

"我只是说可以这样解释,不一定准确。"

"不,您也许是对的。"

为了平复心情,春那把剩下的雪莉酒一饮而尽,然后叫来侍者又点了一杯。

"为什么这么认为?"加贺问。

"理由很明确,我有了些头绪……"春那深吸了一口气,接着说,"身为护士,会遇到各种各样的病人。我一直怀着希望大家能健康出院的愿望在工作。但遗憾的是,这个愿望并不是每次都能实现的。每到这种时候,我就会反思是不是自己的工作出了纰漏,尤其是在患者突然病情恶化离世的情况下。幸运的是,到目前为止,我还没有犯过会被追责的错误。但病人家属是怎么想的,我就不知道了。可能也有人会质疑我,觉得患者没能得救,都是因为那个叫鹭尾春那的护士处理不当。"

几个月前，有位老人在输液过程中因心力衰竭去世了。每种药剂都有规定的输液时间，有人猜测是春那把时间设短了，给老人的心脏造成了负担。春那虽自信并没有犯这样的错，并且也得到了证实，但她不知道家属的疑虑是否已消除。

还有，几年前医院里发生过传染病蔓延导致患者死亡的事。春那是接触过这名患者的护士之一。虽然经过彻底的调查，确认她并非传染源，但她始终没得到家属接受这一结论的消息。

回顾过去，类似的事还不止这些。既然从事着关乎性命的工作，这就像是一种宿命。

侍者端来第二杯雪莉酒。春那立刻拿起杯子，送到嘴边。略有些刺激的香气穿过鼻腔。

"照这样想，这句话可以用在任何人身上。"加贺沉声道，"我也一样。比如有好几起案件，因为没能及时逮捕凶手，导致更多人被害。还有一回，因为听从高层想当然的调查命令，让无辜的人遭受周围怀疑的目光，害得此人不堪痛苦差点自杀。就算有谁因为这些事指责我害死了人，我也无法反驳。"

"寄信人这么做，只是想泛泛地表达这个意思吗？"春那盯着加贺手里的信，"你们都曾害死过人，所以即使亲人被杀，也没资格悲伤。就像你杀了某人一样，你爱的人也不过是被某人所杀——是这样吗？"

"可以这么理解。"加贺说，"如果这封信的目的仅此而已，那么即使感到不舒服，也不必太在意。因为，寄信人很可能是毫不相干的人，只是偶然得知有查证会，抱着找碴儿或恶作剧的心态寄了信。"

"这么说来，我们无视它就行了？"

"对——但遗憾的是，我觉得这种可能性很低。更有可能的是，某个跟本案有关的人出于其他目的寄了信。但到底为了什么，现在仍不清楚。到目前为止，这封信也只是让大家变得疑神疑鬼而已。这对寄信人有什么好处，我完全没头绪。"加贺把信装了回去，道了声谢，交还给春那。

"您之前说，桧川清楚参加聚会的都有哪些人，并在此基础上实施了犯罪。他并非随机杀人，而是至少有一个明确的目标，对吧？"

"是的。"

"跟这封奇怪的信会不会有关联？"

"还不确定，但我认为不会毫不相关。"

"是啊……"

春那茫然地望向远处。就在此时，又一张熟悉的面孔出现了。久纳真穗正走进酒吧。她似乎也注意到了春那他们，微微鞠躬后，有些拘谨地走了过来。"晚上好。今天承蒙二位关照了。"

"你一个人？朋香呢？"春那问。

"已经睡了。她大概是累坏了，一上床就呼呼大睡。但我有点兴奋，怎么也睡不着……"

所以来这儿喝杯酒助眠——她似乎是这个意思。

"如果你不介意，要不要和我们一起？"

"可以吗？"

加贺做了个手势，请她坐在春那旁边。

"那我就不客气了……"久纳真穗说着坐了下来。

加贺抬起手叫来侍者，再次点了黑啤，然后问久纳真穗要什么。

"我要威凤凰波本威士忌兑苏打水。"

"好的。"侍者说完后离开了。

见到春那手中拿着那封信，久纳真穗问："你们刚才在聊这个？"

春那打开包，把信收好。"我还是很在意，不知道究竟是谁、为了什么寄来这样一封信。听说朋香也收到了？"

"嗯，好像是寄到了学校的信箱。"

"给一个中学生寄这种东西……"春那转向加贺，"刚才您说，那句话可以用在任何人身上，难道也包括朋香？"

"不能因为她是中学生，就把她排除在外。"加贺的眼神冷静而锐利，"每年都有不少孩子因为霸凌自杀，其中有很多是中学生，而施加霸凌的也是中学生。当然，这只是举例，我并不是怀疑朋香干过这种事。"

"不好意思，你们在说什么？"久纳真穗插了一句。

"就是关于那封信……"春那向加贺确认，"可以把刚才的事告诉久纳小姐吗？"

加贺道了声"请便"。

春那将加贺对那句话的解读告诉了久纳真穗，即"你们中的每一个，都曾害死过人"。

"确实可以这么理解……"久纳真穗沉声说。

侍者走过来，把兑了苏打水的威士忌和黑啤分别放在两人面前。

"这么看的话，"久纳真穗把手伸向杯子，"寄信人也许想对被害人说同样的话呢。"

"什么意思？"

"晚饭时，的场先生不是说了吗？网上有人认为，这起案子的被害人是自作自受。也就是说，因为他们曾经害死过人，所以如今才会被杀。"

"他举了高塚夫人的例子，哦，还有栗原由美子女士。"

"朋香告诉我，"久纳真穗压低声音，"确实有人怀疑由美子女士在发型设计比赛中盗用了朋友的创意。朋香说，也有人好几次来找麻烦。虽然是毫无根据的谣言，但坏话总是传得很快，在网上一传播，就像文身一样很难消除。所以由美子女士好像也放弃挣扎了，只能等热度过去。"

"这样啊……"

知道妈妈遭受这种事，女儿会是什么心情呢？春那想象着，心中不由苦闷。

久纳真穗将酒杯从唇边移开。"不过，相比于她父亲，她母亲的情况还算好了。"

"她父亲怎么了？"

久纳真穗显得有些迟疑，随后说服了自己一般点了点头。"你们迟早都会知道的，所以我还是说出来吧。她父亲栗原正则也是被各种流言缠身。"

"都有什么呢？"

"前年，他们会计师事务所有一个有钱的男客户去世了。那个男人之前正在和妻子调解离婚。他死后，妻子因涉嫌骗取他经营的公司的资产而受到检举，栗原正则先生被怀疑是共犯。指控说是没有依照公司法办理必要的手续，就让那个女人接替丈夫担任了董事长。"

春那瞪大了眼睛。"他干了这种事？"

"栗原先生跟朋香他们说,这完全是一场误会,他是冤枉的。确实,最后他因为嫌疑不充分而免于起诉。但似乎很多人都不认可这个结果,现在网上还流传着各种猜测。传得最多的,就是说那名客户的妻子跟栗原先生有男女关系,两人合谋企图把公司搞到手。不仅如此,还有人暗示客户的死亡可能也与二人有关。"

"意思是……人是他们杀的?"

"虽然没明着写,但我想是这个意思。"

春那愕然。那些人凭什么散布这种耸人听闻的猜测?

"那些帖子是朋香自己发现的吗?"

"怎么可能。"久纳真穗说,"是学校里的朋友,每次看到了都会告诉她。朋香说,她知道大家是出于好心,所以也不能表现出不快。"

朋友把网上的过激言论拿给她,让她看——春那眼前浮现出朋香困扰的模样。网上充斥着大量对父母的抨击,而朋友们拼命搜索着这些。春那光是想到这个情形,心情就变得阴郁。

"你们听说过那只猫的事吗?"久纳真穗问,"是朋香很喜欢的宠物,名字叫卢比。"

"没有,那只猫怎么了吗?"

"几个月前死了。原本挺健康的,从某个时候起身体一下子变差,之后突然就死了。栗原家是独栋住宅,猫基本养在室内,但偶尔也会跑出去,可能是在外面时被人喂了不好的东西。朋香曾听父母这么说。"

"找麻烦找到了宠物头上……"春那瞠目结舌。

"这么说可能不太好,但那简直就像这起凶杀案的前兆……"

久纳真穗压低了声音，目光投向半空中。

"加贺先生觉得呢？"春那问，"那个人是在知道这一切的情况下，才给大家寄的信吗？"

加贺喝了口黑啤，轻轻呼出一口气。"很难说，但我想那个人不会一无所知。按久纳小姐说的，似乎在网上随便一搜，就能看到有关栗原夫妇的不好的传闻。对高塚夫人的诽谤，好像也已经传得沸沸扬扬。思索这些时，我突然想到一个问题。"

"什么？"

"桧川大志难道真的什么都不知道吗？在被害人当中，就有这种已招致许多怨恨的人，这只是巧合吗？"

春那思考着这个问题的含义。"您是说，桧川事先调查了这些事，然后把他们选定为目标？"

然而加贺没有点头，一副若有所思的样子。

"什么意思呢？"久纳真穗打开放在旁边的挎包，拿出小本子和圆珠笔，"请详细说说吧。"

加贺盯着她手里的东西。"这个本子，查证会后您给榊科长看过了吗？"

久纳真穗微微一笑。"看过了。他觉得没问题，所以没有没收。"

"那就好。"

"继续刚才的话题吧。"久纳真穗握住圆珠笔。

"不了。"加贺拿起杯子，"今晚先到这里吧，我想再整理一下思绪。"

"哎，很让人在意啊。虽然是局外人，但我可不是出于好奇，是真的想为朋香出一点儿力。"

"我明白。抱歉,我有个坏习惯,说到一半思路混乱,就没法儿说下去了。"加贺一口气喝完黑啤,"我先失陪了。"

见他伸手去拿账单,春那便抢先拿起来。"让我来付吧,毕竟是我麻烦您陪我来的。"

加贺脸上闪过不大情愿的表情,但很快点点头:"好吧,那今晚就不推辞了。"

春那看向久纳真穗,说:"我也差不多该走了,明天也请多关照了。"

"也请你多多关照。"久纳真穗低头行礼,"晚安。"

春那道了声"晚安"后站起身。

在入口的柜台结账时,加贺在外面等着。等她从店里出来后,加贺礼貌地鞠了个躬:"多谢款待。"

两人向电梯走去。

"真是漫长的一天。您累了吧?"加贺问道。

"有一点儿。不过身体是其次,主要是精神上很疲惫。"

"我能理解。"

两人走进电梯,到达五楼后,并肩走在悄无声息的走廊里。很快到了春那房门口。

"查证会后,您说,如果对我们一无所知,就无法查明真相。"春那从包里拿出钥匙,"听了晚餐时还有刚才酒吧里的对话,您是不是多少了解一些了?"

"这个嘛……"加贺若有所思,"人类很复杂,表里不一是理所当然的。但有些人还有更多重的隐藏和伪装,可不太好对付。"

"但是登纪子前辈——"说到这里,春那故意咳嗽了一声,"算了。"

"嗯?是从金森小姐那儿听到了什么吗?她说我坏话了?"

"不是的。晚饭前我和前辈通了个电话,她说,在加贺先生您面前,说谎是行不通的。"

加贺苦笑道:"她这么说啊……"

"她还说,如果有人隐瞒了什么跟案件相关的事,您也绝对不会轻易放过。"

"对刑警来说,这是最高的赞美。但她恐怕高估我了,因为到现在为止,我还什么都没看穿。不过,有一点可以肯定,确实有人在撒谎,或许还不止一两个。"

"是吗?"

"比如,"加贺说,"刚刚在酒吧里和我们说话的那个人……"

"久纳小姐?她说了什么谎?"

"她拿了圆珠笔出来,对吧?那不是普通的圆珠笔,里面藏着微型相机,也可以录下声音。"

"啊……"春那吃了一惊。

"应该没错。我在之前的工作中多次见过这东西,是偷拍犯常用的,普通人不会随身携带。"

"这样的东西,她为什么……"

"她是打算把相关人员的举动尽可能记录下来吧。身为辅导员,有强烈的责任感——我很想这么理解,但这个身份本身也值得怀疑。"

"为什么?"

"我刚当老师那阵子,曾见到前辈提醒一位女同事,不能把'我'说成'atashi',要好好地说'watashi'。时代变了,不知道现在对辅导员的措辞是什么样的要求,但从一开始我就有些在意这点。"

的确,春那意识到,久纳真穗好像一直说的是"atashi"。

"您是说,寄宿学校的辅导员这个身份是假的?"

"还不能断言。但如果是假的,就意味着还有一个人也在撒谎——"加贺竖起食指,"毫无疑问,就是朋香。"

"可为什么要这么做呢?"

"不清楚,她们或许有什么打算,但不一定是恶意的。"加贺一脸严肃地看向春那,"所以,这件事暂且不要告诉别人,我也不会说出去。"

"好的。"

加贺看了一眼手表。"那么明天见,好好休息。"

"嗯,晚安。"

加贺说了声"晚安",迈步离开了。

14

春那伸手去摸手机。液晶屏上显示是夜里两点零三分,离上一次看手机才过去不到二十分钟。她只是闭着眼,一直没睡着。

她一回房就换好衣服躺下了,但头脑莫名清醒,完全没有睡意。她想快点入睡,便闭上了眼睛。可翻来覆去半天,一看手机,离天亮还早得很,她不禁感到沮丧,就这么辗转反侧了大半夜。

春那轻轻叹了一口气,再次看向手机。不过,她没有刷视频打发时间的心情,因为一直想着被害人在网上遭受攻击的事。

她一直没搜索案子相关的内容。不单是因为害怕知道旁人的态度,更重要的是她不愿去回忆。至于那个桧川大志,除了报道过的,她也无意了解更多。

春那犹豫着打开网页,稍微想了想后,以别墅区名和"栗原正则"作为关键词,搜索了起来。

很快跳出来几篇报道。最先看到的是一篇关于案件的报道,标题为《著名别墅区发生惨案,六名男女被刺,五人死亡》。文章介绍了案件的概况，提到了"家住东京的鹫尾英辅先生"，并未出现春那的名字。

类似的文章还有几篇，都是从新闻里转载的。也有一些报道了桧川大志被捕的事。

《在别墅区被杀的注册会计师是个畜生》——看到这个标题，春那倒吸了一口凉气。这似乎是发在某个论坛上的。

她惴惴不安地点开标题，这样的文字骤然映入眼帘——

> 被杀的某原，是两年前离奇死亡的富豪的注册会计师。富豪之妻A不仅继承了遗产，还当上了董事长，把公司据为己有。据说幕后操纵这一切的就是某原。实际上，某原与A勾结在了一起，企图夺取公司。虽然被指控诈骗，但因证据不足未被起诉。就在大家都以为他的阴谋得逞时，这起案件发生了。桧川大志，干得漂亮！真想给凶手送张奖状！

在这样的发言下，评论可想而知，全是痛骂栗原正则的，没有人怀疑指控的真实性。还有一些关于栗原由美子的评论。

> 某原的妻子在青山开了家高端美发沙龙。她有前科，曾经靠抄袭在设计比赛中胜出。真不愧是一家人啊。老天一并惩罚了他们，感恩！

春那看着看着，越发感到不舒服，于是关掉了浏览器。

的场、小坂还有久纳真穗他们所言不虚。继续查下去，应该还会有更多诋毁和谩骂。搜索"高塚桂子"肯定也一样。

春那再次感到这是个糟糕的世界。对凶杀案的被害人如此恶语相向,到底有什么好处?

她心情沉郁地盯着手机,突然想,对于英辅和她,别人又会怎么说呢?是不是也有关于英辅的流言?

她当然明白,这种东西还是不看为妙,可好奇心一旦冒出来就压不下去了。即便现在忍住了,迟早还是会去调查的,那还不如趁早知道答案——春那一边给自己找着借口,一边拿起手机,输入别墅区名和"鸢尾英辅"这几个字,然后用颤抖的手指点击搜索键。

看到一连串的报道出现在眼前,春那心跳加速。不过跟刚才搜栗原正则时一样,全是报道案件的新闻。

春那调整呼吸,继续滑动屏幕,很快留意到一个标题——《别墅区凶杀案:被害人们的另一面》。似乎原本是周刊杂志里的文章,现在也被放在了网上。

春那有印象,之前有人想要采访她,态度十分诚恳,也能看出不单是因为好奇。但春那还是拒绝了。她内心一团乱麻,恐怕不管问什么,都没法儿好好回答。

已经有报道了啊,是谁接受了采访呢?

文章开头平铺直叙地介绍了案件。本打算在别墅愉快地度过夏天的人们,因凶手的一己之欲被杀。接着是关于被害人的情况,来自他们身边人的描述。

首先是栗原夫妇。接受采访的,是会计师事务所和美发沙龙的员工跟客户。春那看了看,文中完全未提及论坛上的那些内容。大家都称赞他们的为人,表达了哀悼,也对凶手深感气愤。

春那松了口气。看来这并不是一篇诽谤中伤的文章。

对高塚桂子、樱木洋一的评价也一样。高塚桂子是"高塚集团的幕后功臣，从年轻时起就全身心支持高塚会长"；樱木洋一则是"在医疗事业中始终贯彻自己信念的人"。

接着是英辅。令人意外的是，记者甚至去了英辅老家富山采访，受访者是英辅的发小。

这位朋友已经结婚了，有个四岁的儿子。这孩子有先天性的疾病，不能做剧烈运动。在他生日时，英辅送给他一套运动器材。那是一项叫硬地滚球的运动。两支队伍朝着作为目标的白球，分别投掷或滚动己方的球，根据与目标球之间的距离来一较胜负。这项运动原本是为重度脑瘫患者和肢体残疾人士设计的，现在已成为残奥会的比赛项目。英辅觉得体弱的孩子或许也能从中找到乐趣。

一开始，男孩对这项陌生的运动并不感兴趣，于是英辅和朋友先玩了起来。他们原本只是想给男孩展示这项运动的乐趣，但没想到玩到一半，两人较起真来，最后还为规则发生了争论。要不是朋友的妻子劝和，说不定会吵起来。见到这一幕，男孩说他也想玩，或许是看大人玩得那么起劲，觉得一定很有意思。那之后，他就喜欢上了硬地滚球，也变得开朗了。

"这家伙笨手笨脚的，又不懂分寸，所以才能打动人心。这样一个人莫名被杀害，太没天理了，绝不能原谅。"那位朋友流着泪说道。

看完这篇报道后，春那放下手机。网上或许还有其他关于英辅的言论，但她已经不想去找了。

也许就像加贺说的，桧川有明确的目标。但那个人一定有什么充分的理由，才让桧川心生杀意。

所以，不会是英辅。春那这么想着，合上了眼睛。

睁开眼，春那看到从窗帘缝隙中透过来的阳光。似乎已经天亮了。手机就在枕边，屏幕显示刚过早上七点。看来还是睡了一会儿的，头脑也清醒了许多。

春那冲了个澡，又化了个妆，感到有点饿，也许是昨晚没吃主菜的缘故。原本不打算吃早餐，但看来还是吃点好，她决定换了衣服就出门。

早餐也在那间餐厅，只要在入口处出示房间的钥匙就行。是自助餐，座位也可以随便选择。

春那将餐碟放在托盘上，正看要吃点什么时，有人从旁打了声招呼。"早上好。"原来是栗原朋香，久纳真穗也在不远处。

"啊，早……"

"今天也请多关照。"

"请多关照。"

"那么回见了。"朋香抱着托盘低头致意，转身离开了。

望着女孩的背影，春那心想，"回见"这样的说法，自己中学时会用吗？

随意选了些食物后，春那找了个空位坐下。她喝了口胡萝卜混合果汁，拿起叉子。碟子里盛着煎蛋卷和温热的蔬菜，她还拿了意大利蔬菜浓汤和刚出炉的牛角包。

朋香和久纳真穗坐在离春那四张桌子远的地方，两人面对面默默吃着早餐。

春那想起昨晚加贺的话,她们俩可能在说谎。久纳真穗如果不是辅导员,又会是什么人呢?朋香为什么和她一起撒谎?

一个身影出现在眼前。"我可以坐这儿吗?"春那闻声看去,樱木千鹤拿着托盘站在桌前。

"啊,请坐,"春那说,"您一个人吗?"

"是啊,为什么这么问?"

"我以为的场先生会和您一起……"

樱木千鹤放下托盘,冷笑两声坐了下来。"我也不会什么时候都带着他,又不是一家人。"

她显然话中有话,春那一时语塞。但樱木千鹤似乎也没期待她有什么反应,说了句"我先吃了"便开始用餐。

春那悄悄叹了口气。她本想轻松地吃顿早餐的,看来也不能如愿了。

不过,樱木千鹤说的场"不是一家人",不知有何用意。虽然的场和她女儿还没结婚,可既然已有婚约,一般来说不就等于是一家人了吗?说起来,晚餐谈到这个话题时,她的态度也显得不太自然。是不是理惠和的场的婚事出了什么问题?

正当春那喝着汤茫然地思索时,樱木千鹤问道:"静枝女士大概什么时候来?"

"说是九点半左右,要用昨天那间会议室的话,还得办一些手续……"

"哦。"樱木千鹤点了点头。

"怎么了?"

"没什么,我只是想她不住酒店里,往返会很麻烦。"

"离得近,应该还好。平时她为了购物之类的事也会来这附近,她自己也有车。"

"话说回来,她能一个人生活在那种地方,我真是佩服。不觉得冷清吗?换作是我可受不了。"

"她说习惯了,一个人也更清净。"

"是吗?不过,可能确实适合她。"

"适合?"

"她是个美人,而且充满神秘感,不是吗?在远离尘嚣的房子里独自生活,简直就像安徒生童话里的冰雪女王。不过,我丈夫在世的时候常说,她还这么年轻,真是可惜了。没什么合适的对象吗?"

"这个嘛,"春那歪了歪头,"我没听说过呢。"

"我想一定是有的。毕竟她那么漂亮,只要想再婚,不愁没选择吧。"

"或许吧。不过,她没有经济方面的困难,大概觉得没这个必要吧。"

"确实,不缺钱的话,结婚是没什么意义呢。但她如果有恋人也不奇怪。你也是这么想的吧?"

"这个嘛……"春那更在意的是,她为什么要问这些事情。

就在这时,春那用余光瞥到有人正径直向这里走来。是的场。向春那微微点头致意后,他弯腰凑到樱木千鹤耳边说了些什么。

樱木千鹤有些惊讶地看向他:"理惠?"

的场点了点头:"嗯,说是已经出门了。"

"为什么突然……"

"她说她不想后悔。"

"可是……"樱木千鹤放下筷子,拿着手提包站起身来,像是要去打电话。

目送她离开后,春那和的场对视一眼。的场环顾四周,拉开椅子坐下,说:"理惠要过来。"

听到两人简短的对话,春那就猜到可能是这样,所以并不意外。"她身体没问题吗?"

"嗯……我想应该没事。"他含糊其辞,似乎问题并不在于身体状况。

似乎是察觉到了春那的疑惑,的场犹豫着开了口。"其实,理惠一开始是打算参加查证会的,但千鹤夫人说服了她,让她打消了念头。"

"啊,可昨天不是说,理惠小姐一想起当时的事,就会恐慌吗?"

"案子刚发生时是这样的,大约有两周时间她一直是这种状态。不过,她也在渐渐好转,七七快结束时,已经恢复平静了。不好意思,昨天觉得需要给她的缺席找个借口,就撒了谎。"

"为什么不让理惠小姐来呢?"

"是千鹤夫人的决定。她觉得理惠容易冲动,无法理性地思考,只会给大家添麻烦。樱木家有她做代表就够了,不需要两个人都来。"

"但理惠小姐还是联系了你,表示要参加,对吧?"

"嗯,刚才她打来电话,说她也是当事人,理应出席。没办法,她说得合情合理,我无法反驳。她是坐新干线来的,我得去车站接她。"的场看了眼手表,"在那之前,先填饱肚子吧。"他说着站起身。

春那把最后一口牛角包放进嘴里,收拾好空盘。果然没能好好享用这顿早餐啊。

离开餐厅时,春那向女接待员打听加贺是否来过。报了加贺的房间号后,对方说他是七点整来的,看来很早就吃完了早饭。起那么早做什么呢?也许,他那清晰的头脑已经活跃起来,正有条不紊地为今天的查证会做准备。

向电梯走去时,春那看到樱木千鹤正坐在过道一侧的沙发上。不知是不是还在跟理惠通话,她一脸严肃,全然不见平时的从容。

15

加贺来电话时,春那正在补妆,同时查看朋友发来的消息。有人约她出去玩,也有人约她一起吃饭。朋友们当然知道发生了什么,字里行间都在照顾她的心情。让朋友们一直费心,春那感到很过意不去,但实在不知该如何回应。

春那接起电话。"我是鹫尾,早上好。"

"早上好。昨晚睡了吗?"

"嗯,勉强吧。加贺先生,您好像很早就起来了?"

"您知道了?因为有很多事情要思考,所以不想浪费时间。鹫尾小姐,其实,我有个请求。"加贺说想请教一些事,问春那能不能去一趟他的房间,"内容稍微有点敏感,所以我不希望别人听见。也可以我过去,但到女性的房间去总归不太好。"

"您不用顾虑,请过来吧。"

"可以吗?那我差不多五分钟后来敲门。"

"好的,我等您。"

这五分钟的时间，应该是给她收拾那些不愿被人看到的东西的。虽然没把内衣什么的随手乱放，春那还是尽可能地把私人物品整理了一番。

五分钟刚过一会儿，外面便响起敲门声。加贺穿着登山服，手里拎着背包，把黄铜钥匙递给春那："这个还给您。"看来他已经准备好退房了。

春那的房间没有阳台，大窗户旁放着小桌子和椅子，两人就在那儿面对面坐下。

"您说有事要问我，是什么呢？"

加贺端正坐姿，认真地看向春那。"实在很冒昧，我想问的，是与您痛苦的回忆有关的事，也就是您发现丈夫被刺时的情况。"

春那感觉像是有沙袋咚地坠入了胃底，可她不能拒绝回答。她用力收紧腹部，尽量控制着自己的表情，直直看向这名刑警的眼睛："好的。"

"您丈夫身上有两处伤口，一处在侧腹，另一处是致命伤，位于胸口。当时刀就插在胸口上，对吗？"

"是的。"

"问题在于侧腹的伤口。刀既然被拔出了，应该会大量出血才对。在这种状态下稍有动作，血就会滴落到地面上。我想问，您丈夫身边有这样的痕迹吗？"

"虽然有点记不清了，但我想是有大量出血的，因为当时我拼命想给他止血。"

"止血……也就是说您采取了急救措施？"

"当然，那时我想的是一定要做些什么。"

"您是怎么做的?"

"我从他口袋里拿出手帕,按住了伤口,因为没有别的东西可用……"

"除了止血,您还做了什么?"

"我一直在喊他的名字,想让他先恢复意识,因为这很重要……"

"喊他……这是急救的常规措施吗?"

"是的。"

加贺点了点头:"我的问题问完了。"

"就这些?"

"这些就够了。抱歉,让您回忆起不快的事情。"

"我来这里之前就做好了心理准备,您不用在意。"

加贺看看手表。"还有些时间,但我先过去吧。可能会有人早到,哪怕能和他们聊上几句,也算运气不错。"

"说不定会得到什么重要信息,对吗?"

"对。"加贺站起身。

"我马上也出门,办完退房手续就去会议室。"

"好的。"

目送加贺离开后,春那开始整理着装。但加贺的问题一直在脑海里挥之不去,让她时不时停下来。为什么会问那样的问题呢?他或许是看重自己作为护士的经验,但回答得对不对,春那有些不安。

上午九点半,春那走出了房间,来到前台。办理退房的客人已经排起了队。就在等候时,春那看到静枝坐在大堂的沙发上。她也注意到了春那,挥了挥手。她穿着深棕色的裤子和蓝色的针织衫,脚上是一双运动鞋。

春那办理完退房手续后,走向静枝。一看到她,静枝就问:"早上好。昨晚睡了吗?"大家都在问同一个问题,春那便也像回答加贺时那样应道:"嗯,勉强吧。您今天穿得很轻便呢。"

"是啊,昨天离开时加贺先生说的,今天最好穿方便行动的衣服。"

"他这样说的?为什么?"

"我问了,他只说有一些想法。他没告诉你吗?"

"没有……"

"嗯,可能是觉得你从东京过来,就算说了,一时半会儿也没法儿应对吧。"

这倒也是,但不管怎样都应该知会一声吧,春那有些不满地想。

二人向查证会的地点走去,还是昨天那间会议室。静枝说今天让酒店准备了瓶装茶和饮用水,这样大家口渴时也更方便。昨天也有人说,静枝一直都很体贴周到。她真的没有在交往的对象吗?

走进会议室一看,加贺正站在白板前拿着笔写写画画。看起来像是别墅区和周边区域的草图。他回头看到春那她们,微微点头致意。

小坂一家也在,并排坐在昨天的位子上。

按静枝的要求,角落的桌子上放着瓶装茶和矿泉水。春那拿了一瓶茶,也在昨天的位子坐下。

春那打开瓶盖,一边喝茶,一边不经意地看向白板上的草图。

和昨天那张图纸一样，上面画着道路和建筑物的大致情况，但到处都标着"×"的记号。春那刚感到疑惑，很快就反应过来。那是犯罪现场，而且是有死者的地方。栗原家的车库上打了两个"×"，稍远处则画了个三角形，似乎是用来表示的场被刺的场所。他还活着，所以没有打"×"。

盯着加贺的背影，春那心想，搜查本部办案时也是这样做的吧。

门开了，樱木千鹤独自走了进来，表情略显严肃。她也朝昨天的位子走去。

接着是栗原朋香和久纳真穗。两人朝春那点头问好，春那也回应了。然而，因为听了加贺的话，春那心情难以平静，也无法再把她们看成是学生和辅导员了。久纳真穗看着还很年轻，说两人是稍有点年龄差的朋友也合情合理。

见到下一个进来的人，春那有些惊讶。是樱木理惠。的场跟在她身后。理惠穿着深灰色西服，但搭配的是裙子，也许是为了反抗穿西裤的母亲吧。

"理惠小姐，"静枝向她打招呼，"你来了。"

"是的。"理惠有力地回应道。

"身体还好吗？"

"完全没问题。抱歉，昨天没能过来。"

的场想把理惠带到樱木千鹤身边，但她摇了摇头，在稍远一些的座位上坐了下来。的场无奈地坐到她身旁。樱木千鹤一言不发，移开了目光。

又过了一会儿，高塚俊策走进来。春那心想，这个人不在最后一刻出场就不行。接着她又忽然意识到，还有个人没来。

"榊科长说要稍微晚一点儿，"高塚说，"最多十或十五分钟。他问大家能不能稍微等他一会儿，作为旁听者，他非常抱歉。"

"那就等一等吧？"加贺说。

"那么，我们要不要趁此讨论一下之前那件事？"樱木千鹤提议，"就是昨晚我给大家看的那封奇怪的信。大家也都收到了吧，上面有一句可怕的话——你杀了人。"

"那封信啊，"高塚抬起右手，"我让女佣确认过了，我家果然也收到了。"说着他举起手机展示屏幕，"就是这个。"

春那离得远，看得不太清楚，但似乎是信件的照片。应该不是假的，所以她也不打算特意凑近去看。其他人估计也这么想，纷纷坐着点头。

"我想来想去，还是觉得，寄信人就在我们当中。"樱木千鹤直言，"到昨天为止，我一直觉得此人肯定在打什么坏主意，但现在了解到收信的不止我一个，我的想法改变了。这个人一定也已经察觉到，这起案子并不单纯是一个脑子有病的人在无差别杀人，背后应该另有他人指使。我认为，这是我们在查证会上必须弄清楚的事。"

"这是什么意思？"高塚扬声问，"你这句'另有他人指使'，可没法儿当没听到啊。"

"会长，您也怀疑这里有人在隐瞒着什么吧？夫人手里握着的那张纸片，您弄明白了吗？"

高塚跷起二郎腿，缓缓摇了摇头。"很遗憾，昨天半夜并没有人把自白书从门缝里塞进来。也就是说，我还是一无所知。"

"那么，我们就连同这件事一起找出答案。所以——"樱木千鹤朝向众人,"请老实回答,给大家寄这封信的是谁?那句话是什么意思,是觉得案件另有隐情吗?如果是这样,我跟你的想法一致,就让我们共同来破解这个谜题吧。"

但没有人回应她的呼吁,会议室里一片死寂。

"怎么回事?"樱木千鹤声音焦躁起来,"你应该就在这里,不是吗?为什么不肯站出来,你难道不想消除疑问?"

歇斯底里的声音回响在会议室里。

樱木千鹤正要接着开口,旁边传来一个冷冷的声音:"算了吧,妈妈。别丢人了。"

说话的是理惠,她抱着胳膊,视线下垂。

"有什么丢人的?"樱木千鹤瞪着女儿。

"我是说你的闹剧,你要胡思乱想,那随你,但是可不可以别把周围的人牵扯进去?"

"我哪里胡思乱想了?"

"什么另有隐情、什么有人指使,真是不知所云。这怎么可能啊,太可笑了。"

"你在说什么,可笑的是你才对——雅也,昨天查证会上的事,你是不是没跟这孩子说?不是发现了很多疑点吗?"

"我听他说了,但也没什么大不了的嘛,值得一惊一乍的吗?总之,凶手就是那个叫桧川的人,这不就行了?有什么问题吗?"

"你这孩子真是什么都不明白,我的意思是,就算凶手是桧川,背后也还有隐情。"

"只有妈妈你这么认为。"

"才不是,不然那封信怎么解释?寄信人肯定也是这么想的。

你不是也收到了？"

"你杀了人……"理惠撇撇嘴，耸了耸肩膀，"难道不是妈妈你干的？"

"啊？你说什么呢！"

"就是所谓的自导自演嘛。"

"什么……"

"冷静些。"的场站起来，"理惠你也冷静一点儿。大家都听糊涂了。"

诚如他所说，听着母女二人的对峙，春那十分惊讶。这两人完全是针锋相对，樱木千鹤不让理惠参加查证会，大概也是因为这个。

开门声打破了尴尬的沉默，榊走了进来。"抱歉，久等了，有些东西要查，就——"榊边说边用手帕擦着冒汗的额头。似乎是发现了气氛不太对，他探究般环视了一圈："发生什么了？"

"之后再解释吧，"加贺立刻回答，"说得直接一点儿，就是各人看法不同。我想，只要查证会继续开下去，会逐渐弄明白的。"

"这样啊。"榊似懂非懂地点点头，"不过在查证会开始前，我有问题想问这里的一个人。"

"谁？"

"就是——"榊看向会议室的那头，"久纳真穗小姐。可以吗？"

"我？"久纳真穗将手按在胸口。

"对，可以跟我来一下吗？有问题想请教，不会耽误您太多时间。"

久纳真穗为难地和旁边的栗原朋香对视了一会儿，但很快下定决心般站起身："好的。"

"请等等。"高塚抬了抬手,"榊科长,这是怎么回事?您要问她什么?"

"恕我无可奉告,因为关乎个人隐私。"

"个人隐私?那我想问,为什么您会掌握她的隐私?"

"不,并没有掌握。或者说,正是因为不了解,所以才要问她。"

"不了解?什么意思?这样大家可不好办啊。不要偷偷摸摸的,请在这里解释清楚。"

面对高塚一连串的质问,榊苦恼地皱起眉,而久纳真穗面无表情,一副无所谓的模样。

榊放弃抵抗似的点点头。"好吧,那我就在这里问了。"榊转向久纳真穗,"虽说是大家自发举办的查证会,但既然我们警察来了,就有必要弄清参加者的身份。所以,为了确认你的身份,我跟栗原朋香的寄宿学校打听了一番。而我得到的答复是,那里并没有叫久纳真穗的辅导员。"榊盯着她,继续说:"请问是怎么回事?可不可以给我一个合理的解释?"

突然被曝光的事实,让会议室里的气氛顿时一变。震惊、怀疑和恐惧的目光都集中到了这名自称久纳真穗的女子身上。

不过,春那受到的冲击没有那么大。她只是再次佩服加贺的洞察力——果然如他所料。

久纳真穗小声叹了口气,看向榊。"您说得没错,辅导员这一点确实是骗人的。"

"久纳真穗这个名字也是假的?"

"目前还不是正式的名字,但我平时已经在用了,之后也会登记改名,现在在为此做准备。"

"做准备是指……"

"我父母要离婚,如果手续顺利,我会加入母亲的户籍,随母亲用她结婚前的旧姓久纳。"

"那么,你现在真正的姓是什么?"

"我真正的姓,"久纳真穗深深吸了口气,环视众人后继续道,"是桧川,我的真名叫桧川真穗。我想各位应该明白了,我是桧川大志的妹妹。"

16

"桧川真穗"这个名字怎么写,大脑毫不费力就反应过来了,连春那自己也觉得神奇。对这番震惊四座的坦白,她在吃惊之余,还莫名感到了一种释怀——哦,原来是这样。至少,不清楚这个人究竟是谁的不安消失了。

不过,这完全是因为春那已经在加贺那里提前做了心理准备,而其他人自然是陷入了混乱。

"啊?"小坂均发出响亮的一声。还有几个人几乎同时气势汹汹地站了起来,包括高塚。这个老人指着久纳真穗,似乎想说些什么,但不知道是太过震惊而一时语塞,还是想到了什么却说不出口,他只能像等待喂食的鲤鱼般,嘴唇一开一合。

"你!"的场厉声道,"这到底是——"

"稍等。"榊制止了他,看着久纳真穗,"慎重起见,我先问问,这不是在逗我们玩吧?刚才你说的那些话,不是玩笑,而是事实,可以这样理解吗?"

"是的。"久纳真穗回答,"我怎么可能开这样的玩笑?"她的语气十分镇定。

砰——拍桌子的人是樱木千鹤。"怎么回事?"她高声喊道,"为什么这种人会混进来?太奇怪了吧!到底怎么回事?"

"安静!"榊严肃地大喝一声。这个与许多犯罪者对峙过的人,声音饱含威势,就连樱木千鹤都半张着嘴僵在了原地。

榊慢慢走近久纳真穗。"你有没有携带什么可以证明身份的东西?比如驾照之类的。"

"嗯。"久纳真穗说着拿出钱包,取出一张像是驾照的物件,递给了榊。榊仔细看了看,拿出手机。

"榊科长,"高塚问,"您在做什么?这个人说的话是真的吗?"

"等会儿。"榊不耐烦地回答,继续摆弄手机。

不久,榊看着屏幕微微颔首,接着抬起头,道:"这位说的应该是真的,驾照上的名字是桧川真穗,住址也和桧川大志的一致。"

所有人都屏住了呼吸。

"麻烦你做个解释,"榊把驾照还给久纳真穗,"为什么你会在这里?伪造身份来参加查证会,目的是什么?哦不,在此之前——"榊转向栗原朋香,"可能应该先跟你确认一下,你是不是知道她的真实身份?"

朋香没有回答,和久纳真穗对视了一眼。

"到底是怎么回事!"高塚怒吼,"这样欺骗大家,想干什么?"

"冷静些。"榊做了个安抚的手势。

过了一会儿,久纳真穗开口道:"我来解释吧。"

"请。"榊说。

"知道案子发生并且凶手是我哥哥后,我非常绝望,就好像突然被人推进了地狱。虽然我不愿意相信,但也确实觉得,哥哥是有可能做出这种事的。昨晚也有人说过,我哥哥在家里是被孤立的,他恨我们。如果是为了折磨我们而去杀人,这完全有可能。他非但不怕死刑,甚至求之不得,这一点大概也是事实。"

久纳真穗语气平淡,春那觉得,她的声音听上去既无明显的情绪,也没有在刻意压抑感情。或许,她虽然用假名混了进来,但早就预料到会暴露,这一幕迟早会发生。

"案子发生后,我和父母的生活变得一团糟。父亲丢了工作,我也不得不停职。顺便说一下,我是律师。因为是雇用的非合伙律师,事务所要求我暂时休息,我也只好服从安排。现在没了收入,前途一片黑暗,可以说正中哥哥下怀。一想到哥哥知道以后放声大笑的样子,我就感觉要发疯。这双手——"久纳真穗握紧了拳头,"我简直想用这双手掐死他。"

从春那的位置上也能清楚地看到她的手在颤抖。

"但同时,"久纳真穗声音低了下来,"还有很多事我觉得无法理解。为什么哥哥会去跟他毫无关系的别墅区行凶?如果说杀谁都无所谓,那选身边的人更方便,他为什么没有这么做呢?所以我就想,要找个办法接触到案件相关人员,了解内情。应该找谁呢?该怎么接近对方呢?我思来想去,决定给栗原朋香小姐写信。我向她坦白了身份,并告诉她,我想要查清哥哥作案的前因后果,希望她能帮助我。"

"为什么选了她,而不是其他人?"榊问,"是觉得中学生比较容易操控吗?"

"怎么会？"久纳真穗微微一笑，"中学生的理性和感性，我可不会小瞧。选择朋香，是因为我觉得其他被害人家属难免会感情用事。得知我是凶手的妹妹，很可能看都不看就直接把信撕了扔掉。"

"那你为什么觉得朋香不会这么做？"

"朋香父母双亡，应该有监护人。我猜，她可能会把我的信给那个人看，交给对方处理。我期待监护人在应对时多少能比被害人家属冷静一点儿。"

"明白了。那么结果呢？"

"过了很久我都没收到任何回复，因此也不确定他们是否看了信。我本想，要不再寄封信过去确认一下，但转念又想，要是对方感到不快并且已经把信撕了，那这么做也没意义，便忍住了。就在我几乎要放弃的时候，突然收到了朋香的短信。"

"哦？她说了什么？"

久纳真穗看向朋香，问："可以说吗？"朋香默默点了点头。

"首先，她表示刚收到信时非常惊讶，也很害怕，以为我是因为哥哥被抓而怨恨被害人。但她读完信后发现并非如此，也就安心了。不过，她并不知道该怎么办，就暂且搁置下来。之后我听她说，抛开遗产的事，她身边并没有可以商量的监护人。也就在这时，朋香收到了查证会的邀请，她觉得，如果我想知道案件详情，可以去参加查证会，便通知了我。"

榊问朋香："刚才的这些话没问题吧？"

"没有。"朋香回答得很干脆。

"然后呢？"榊催着久纳真穗往下说。

"我回复说想知道查证会的更多信息，以及，如果我要参加，就得借助她的力量,她便问需要她做什么。之后我们又相互发了几次消息,最终决定还是见面聊一聊,我就去札幌见了她。"

"专门赶去北海道?"

"我反正在停职,有的是时间。"

"然后你们就碰面计划了这件事?"

"如果您以为一切都进展得很顺利,那我要说,事实并非如此。对朋香来说,跟我见面需要下很大的决心。见面之后,她当然也是非常警惕的。所以,我毫无保留地对她说了我和哥哥的事,并解释我为什么想了解案件详情。也许是感受到了我的心情,她说愿意帮我一起寻找真相。"

"假称寄宿学校的辅导员是谁的主意?"

"是朋香。她确实有一位值得信赖的辅导员,也考虑过要和对方商量查证会的事。但那名辅导员好像是个快五十岁的老教师。"久纳真穗瞥了一眼朋香。

榊低吟了一声,看向众人。"各位都听到了,就是这些。查证会的主角是你们,我只是旁听,所以不再过多追究,接下来就交由大家判断了。"说着他快步离开,坐在了角落里。

久纳真穗一动不动地站在原地,看上去全无畏缩之色,想必在决定前来时就做好了准备。

"那么,各位意下如何?"像是从榊手上接过了接力棒,高塚问,"樱木夫人,你的意见呢?"

"这还用想吗?凶手的妹妹竟然混了进来,哪有这么可笑的事?赶紧让她出去,只能这样!朋香——"樱木千鹤尖声叫着女孩的名字,"你真的明白吗?这个人的哥哥可是桧川大志啊!是杀了你父母的那个桧川啊！你为什么要做这样的事？"

朋香抬起头，脸上带着迷茫的表情："我做了什么？"

"邀请她来查证会啊，甚至还想到让她假扮辅导员。你到底想干什么？"

"不行吗？"

"这还用说吗？你明明看着挺聪明的。"

"我不明白，为什么不能邀请真穗小姐来？她跟我们一样，都想知道真相是什么，所以我觉得没关系。"

"她可是桧川的妹妹！"

"我知道，所以她也是受害人。刚才您也听到了，真穗小姐和她父母因为桧川受了多少罪。"

"哈哈哈哈——"有人发出刻意的笑声。是理惠。"是妈妈输了，她说得没错。"

"你闭嘴！"樱木千鹤猛地甩出这么一句后，起身环视众人，"其他人呢？怎么一句话都不说？高塚会长，您应该能理解我的心情吧？"

"这是自然。和凶手的妹妹面对面，心里不可能痛快。"

"请她出去，可以吗？"

"我是没问题，但也要听听大家的意见。"

听高塚这么说，樱木千鹤再次把目光投向其他人。

"我反对。"的场说，"我认为，让她一起参加更好。对桧川这个人，她比我们任何人都了解。难得有机会听听这种宝贵的意见，就这么放过也太傻了。"

"我也这么想。"旁边的理惠皮笑肉不笑。樱木千鹤板起脸。

小坂说:"我们都可以,大家定就好。"

樱木千鹤把视线投向春那她们。

静枝先开了口:"我也觉得不妨让久纳小姐留下来——倒是久纳小姐,可能会待得不舒服吧?"

"对啊,首先要问问她本人的想法。"的场看着久纳真穗,"你怎么想?现在身份已经暴露了,还要继续和我们开查证会吗?"

久纳真穗迅速地点点头:"当然,只要大家同意。"

所有人都把目光投向春那。特别是樱木千鹤,春那能感觉到她眼中带着强烈的暗示:你把丈夫被杀的憎恨尽情宣泄出来吧。

"我也……都可以,不过,"春那朝向白板那边问,"加贺先生怎么想?应该请久纳小姐出去吗?还是说,让她留下来比较好?"

加贺原本一直沉默地待在一旁,突然来了个发言的机会,赶紧站直身子。

"如果让我从会议主持的角度给出意见,我认为让久纳小姐参与查证会是非常有意义的。有两点很大的好处,其一是刚才的场先生说的,能够了解桧川这个人;还有一点是,可以听听久纳小姐的假设。"

"假设?"春那重复了一遍。

"是的。"加贺点了点头,"我想,对桧川的犯罪行为,久纳小姐可能已经建立起了某种假设。她决意来参加查证会,也是为了验证这个假设是否正确——久纳小姐,我说得对吗?"

春那望向久纳真穗。此前面无表情的她,现在脸颊看上去微微泛红,大概是被加贺说中了。

"怎么样,"高塚问,"是不是像加贺先生说的那样?"

久纳真穗呼出一口气。"关于这起案件，我是有一些想法，虽然可能称不上假设。不过，这些不能从我口中说出来，因为一旦说了，恐怕会让大家更不开心。"

"什么啊，你到底有什么想法？"

"我不能说。"久纳真穗低下了头。

"加贺先生，"的场说，"听您刚才的口气，似乎对她的假设或者说想法已经有所猜测，能不能说来听听？"

的场一语道破。加贺皱起眉头，想必是觉得这并非不合理的请求。"好吧。"加贺带着下定决心的表情，"久纳小姐刚才说，为什么她哥哥会去一个跟他毫无关系的别墅区行凶，明明选身边的人更方便，他却并没有这么做。由此得出的假设只有一个，那就是，桧川大志是有行凶目标的，他趁此人在别墅区时下了手。但是，桧川与几名被害人毫无关联，没理由产生杀人动机。于是，久纳小姐做了进一步调查，发现了一个重要情况：被害人当中，存在几个在世人眼里活该被杀的人，桧川也因此被一些网民当作英雄。很快，久纳小姐有了一个推论：桧川在别墅区犯下罪行并非偶然，而是受了诱导。说得更明白一点儿，是有人教唆的。"

"教唆？"高塚皱紧眉头，"谁？"

"久纳小姐正是为了弄清这一点才来这里的，不是吗？"

听加贺这么问，久纳真穗答了声"是"。

"等等，你该不会是觉得，教唆桧川的那个人就在我们中间吧？"

久纳真穗没有回答高塚的问题。但也可以说，沉默本身就是一种回答。

"简直是胡说八道！"高塚恶狠狠地说，"你刚才提到你是律师吧？说来说去，你就是想给你哥哥减轻一点儿罪名，简直是异想天开。我们可是被害人家属，教唆凶手来杀亲人，这怎么可能？"

久纳真穗稍稍抬起下巴，原先紧闭的嘴唇微微张开。"这确实很不寻常，但只有这么想才合理。"

"什么？合理？你说的这些从头到尾都不合理！——各位，还是让这个人出去吧，没必要和她谈这种无聊可笑的事。樱木夫人，你也说句话好吗？"

突然被高塚点到，樱木千鹤不知为何反应有些迟钝，她面色凝重地缓缓转向久纳真穗。"我想问个问题，希望你能如实回答。"

"什么？"

"你杀了人——那封信，是你干的？"

久纳真穗胸口剧烈起伏，调整了呼吸后，她点点头："是的。"

"果然啊。能说说你的目的吗？"

"我的目的很简单，就是想刺激一下教唆我哥哥的人。我本来想着，或许能从大家对那封信的反应中得到一些启发。"

"原来是这样……那结果如何？你看出什么来了吗？"

久纳真穗摇了摇头。"没有，可能因为我本身就不会看人吧。不过，这个主意原本也很幼稚，我已经在反省了。"

"嗯。"樱木千鹤面色温和地点了点头，朝向高塚，"会长，抱歉，我也同意让久纳小姐留下来，或者说，我希望她能留下来，一起查清真相。"

"樱木夫人，怎么连你也突然说这些？"

"我不是一时兴起，刚进会议室时我应该就说过，案件背后有人在指使，这和久纳小姐的观点是一致的。"

高塚抱着头，无计可施般闭上眼睛。

就在众人沉默之时，加贺低沉的声音响起："接下来呢？既然大多数人都希望或是赞成久纳小姐留下，我想我们就开始查证会吧。有人有不同意见吗？高塚先生，您说呢？"

高塚把手放下来，耸了耸肩膀，说："照现在这样，我也没法儿反对啊。请开始吧。"

"好的。榊科长，您看呢？"

榊摆了摆手。"我说过很多次了，我只是旁听，不便干预。"

"明白了。那么各位，我们现在开始查证会——久纳小姐，请坐下。"

久纳真穗闻言拉开椅子，坐了下来。不知何时，朋香已经往旁边挪了个位置，两人之间出现了一个空位，似乎在说，假扮学生和辅导员的戏码已经结束了。

17

"首先,我想问久纳小姐几个问题——啊,可以这么称呼吗?"

久纳真穗点了点头:"这样更好。什么问题?"

"您认为桧川大志可能是受人教唆而犯下案件。您有没有跟警察说过这个假设?"

"没有。"

"为什么?"

"没有确凿的证据,别人只会觉得是凶手的妹妹在胡言乱语。想让警方出动,就必须掌握决定性的证据才行。"

"您认为来参加查证会,或许能达到这个目的。"

"没错。"

"好的。下一个问题。根据警方的调查结果,桧川和被害人及其家属之间似乎没有任何交集,那么他是什么时候、通过何种方式与教唆者结识的呢?"

"不清楚,但我能想象出来。"

"哦?"

"虽然这么说很老套,但我想是在网上认识的。我哥哥是一个在现实中无法建立起人际关系的人。他把自己关在院子的小屋里,除了上厕所和洗澡,其他时候都坐在电脑前,一旦开始玩网络游戏,可以持续玩上几十个小时。他这样一个人要去认识别人,我想只能是通过网络。"

加贺点点头,把视线从她身上移开。"榊科长,桧川的手机和电脑是否已核验完毕?"

"手机核验过了,但电脑不行,因为在警察入室搜查时,电脑就已经被处理掉了。"

"手机里没留下可能与案件有关的记录,是吗?"

"昨天我说过,里面有凶器的购买记录,但没有和他人联系过的痕迹。准确地说,是我们没能找到。"

"您的意思是……"

"他手机里安装了Telegram,可能是通过这个来联系的。"

"啊……"有人发出轻呼。这是一款私密性很高的应用程序,常常被用在犯罪中,这点春那也知道。用它来和人对话,聊天记录一段时间后就会销毁,几乎不可能复原。

"就算他最近是用Telegram来联络的,一开始应该也是在普通的网站上认识对方的。"加贺再次看向久纳真穗,"您知道他平时都上哪些网站吗?"

"最近的话不太清楚……大约三年前,我倒是调查过一次,就那一次。"

"调查?这是怎么回事?"

"是母亲拜托我,她说想看哥哥都用电脑做些什么。哥哥一般不外出,那天他好像是因为牙疼出门去看牙医了。虽然他房门上了锁,但母亲有备用钥匙。我其实根本不想管他的事,但我也理解母亲的担心,就不情不愿地答应了。而且,我知道他的电脑密码,很简单。"

"结果呢?"

久纳真穗皱起眉,叹了口气。"就像我之前说的,他一门心思打游戏,而且净是些幻想类的游戏。也许对他来说,在非现实的世界中成为英雄、打倒敌人,就是最幸福的时刻。他上的网站也有很多是与这类游戏相关的。不过,有一个网站是例外。"

"是什么网站?"

"一个关于自杀的网站。他们在那上面教人怎么死得轻松,分享自杀时的注意事项,还交流对自杀的憧憬。"

加贺的表情变得严肃:"这件事您和令堂说了吗?"

"说了。但我不知道她对哥哥做了什么,我猜多半是什么都没做,毕竟她不能把偷看电脑记录这件事说出来。而且,说不定——"久纳真穗摇摇头,"算了,没什么。"

"怎么了?请说出来吧。"

"不值一提。"

"值不值得我会判断的,话说一半可不太好。"

久纳真穗皱起眉,轻轻点了点头。"我觉得,说不定我父母正心怀期待,盼着他死,盼着他去自杀……"

会议室陷入死寂。

"对不起。"久纳真穗道歉,"果然还是不应该说的……"

高塚抬起了手："可以打断一下吗？"

"请。"加贺说。

"一路听下来，我怎么都无法理解事情为什么会发展到这个地步。"高塚困惑地看着久纳真穗，"听说你父亲在财政部当官，家里应该挺有钱的吧，儿子怎么会变成这样呢？我不知道府上是什么教育理念，但在院子里单独建一间屋子这个做法，我觉得很值得商榷，说是在故意引导他闭门不出也不为过。趁儿子不在偷看他的电脑，还有，盼着他去自杀……只能说解决问题的方式完全错了。"

"您说得没错，我无法反驳。不过，如果要为父母辩白两句，我只能说，他们不过是做了他们认为最好的选择罢了。单独建屋子这件事，也是出于切实的理由。"

"切实的理由，是什么？"

"是因为——"久纳真穗欲言又止，低下了头，"抱歉，我不想说。"

"喂，怎么能这样？"

"抱歉。"久纳真穗重复了一遍，声音微微颤抖。

"加贺先生，"的场说，"我同意久纳小姐留下，就是为了知道桧川大志是个怎样的人，要是一句'不想说'便结束，那就没意义了。"

这句话很尖锐，但春那心里也是赞同的，希望久纳真穗能和盘托出。她有义务这样做。

"久纳小姐，您说呢？"加贺问，"我认为他的话不无道理。"

久纳真穗呼吸急促，显然内心正在进行激烈的斗争。过了一会儿，她闭上眼，深呼吸，再次睁眼，发出一声轻微的"是啊"，接着说:"好不容易大家允许我留下来,临阵脱逃也太可耻了。行,那我就说吧。哥哥的事我会全部说出来。不过,这都只是我的一己之见,还请理解。"

饱含决心的声音在会议室里响起。她再一次深呼吸,开口道:"如各位所知,我父亲在财政部工作,母亲是家庭主妇。哥哥出生在这样的家庭里,应该不会为钱发愁。父母让他学习了好几样才艺,买的衣服和玩具也都是高档货。我们家是独栋的房子,有两间给孩子住的房间,哥哥住着大的那间。他生活里的一切都很优越,但相应地,父母对他也寄予了厚望。特别是父亲,他希望将哥哥培养成更出色的精英。遗憾的是,哥哥辜负了他们的期待。不管是学习还是体育、艺术,每次得知哥哥的成绩时,父亲都流露出失望的表情。他甚至当着哥哥的面质问母亲,自己的儿子怎么会这么无能,难道就没半点长处吗?而我母亲也无言以对,只能愁容满面地保持沉默。"

久纳真穗冷冷一笑,定定地看着远处,也许是回想起了当时的事。

"不过从某个时候开始,情况变了,父亲不再板着脸。原因很简单,他转移了关注对象。他不再盯着儿子的成绩单看,而是看起了女儿的,因为更能让他满意。而那个女儿,也就是我,也发现父亲寄托期望的对象已经从哥哥变成了自己。"

久纳真穗的口吻里没有丝毫骄傲。既然能当上律师,她上学时成绩肯定是很好的。

"卸下重负的哥哥更加懒散,每天吃了睡、睡了吃,沉迷于漫画和游戏。看他那样,我对他彻底失望了。而我因为父亲的关注又有些扬扬自得，开始瞧不起他，还曾经在他能听到的地方说他是没用的废物。现在想想，我这个妹妹实在太过分了。所以，哥哥变成后来那样，我可能也要负一部分责任。"

说到这里，久纳真穗低下头，像是又陷入犹豫。过了一会儿，她抬起头，继续说："我不知道在哥哥心里，我是一个什么样的妹妹，但他肯定是恨我的，也许一直计划着要找个机会伤害我。或者，至少，他觉得是可以伤害我的。刚上中学时的一天晚上，我正在睡觉，感觉到有人在碰我。我醒过来，发现哥哥钻进了我的被子，脱下我的内衣，准备要侵犯我。我大声尖叫，父母迅速赶来，我就跟他们说明了一切。父亲暴怒，把逃进自己房间的哥哥拖了出来，拿绳子绑住他的手脚，用竹刀疯狂打他。就是在这件事后不久，我父亲在院子里弄了个单独的屋子，因为我说讨厌跟哥哥住在一起。"

她平静地叙述着，内容却阴暗得远超春那的预料。虽然时有听说被亲人性侵这种事，但她无法想象那会在心里留下多么严重的创伤。久纳真穗不想说也情有可原。

"所谓单独的屋子，其实也不是多好的住所，只是用工厂里生产的集装箱搭了间简易房屋。一日三餐由我母亲端过去，他就住在那儿上完了高中。我不太清楚他在里面都做些什么，因为没兴趣。我和父母也不会谈论哥哥的事。不过，我还是从他们的对话中多少了解了一些，比如哥哥没考上大学，父亲好不容易安排的工作面试他也没去等等，都是这样听说的。他既没有升学，也没去工作，彻底闭门不出。我完全不知道他过着怎样一种生活，直到三年前母亲要我查他的电脑。那时我也才知道他对自杀感兴趣。"

"我,"久纳真穗抬起下巴,环视众人,"我能说的,就是这些。"

她脸上没有吐露心中秘密后的那种解脱,反而像是重新咀嚼了一番自身的宿命。

"谢谢您,"加贺说,"辛苦了。刚才这些话,各位有疑问吗?"

但谁也没举手。春那想,这是自然的,根本没有提问的余地。

"那么,我们就言归正传。久纳小姐认为桧川大志是受人教唆而犯罪,对于这一点,是否有人反对?不是凭感情,而是有合理依据的。"

的场起身,说:"我并非反对,只是想问个问题,可以吗?"

"您想问谁?"

"榊科长。"

加贺露出一丝惊讶,然后说"请"。

的场转向榊。"警方的侦查结果是什么呢?你们有没有讨论过,可能有人在诱导桧川犯罪?"

"没有。"榊淡然答道。

"为什么?"

"为什么?因为没有理由去讨论。刚才我也说过,他手机里的数据已经清除,电脑也处理掉了,我们无法查到犯罪前他在跟谁联系。确实,是有几个疑点。比如他为什么会去和自己毫无关系的别墅区作案,这也是其中之一。但既然完全查不到他与被害人的交集,并且本人也供称是随机杀人,那么就不能当作疑点来看待了。其他几个问题也是一样,虽然有不自然的地方,但勉强都能解释,所以我们也只能接受这个结果。不过,如果你们能提出别的可能性并找到证据,那我很乐意把这些疑点带回去,申请重新侦查。不知道这个回答你满意吗？"

"了解了。"的场坐了回去。

"各位还有什么要说的吗？"加贺问众人。

"那个……"静枝犹豫着举起手，"刚才榊科长说有几个疑点，昨天查证会上加贺先生也提起过。可不可以把这些疑点再说一说呢？不好意思，我脑子笨……"

春那感激静枝提出了这个要求。信息量实在太大了，头脑有些混乱，她想先捋一捋。

抱着同样想法的人似乎不少，都在点头。

"好。"加贺从口袋里取出记事本，"实际上，我已经将有疑问的地方做了总结。接下来我会写到白板上，也想听听大家的想法。"说着他面朝白板拿起笔。

他用不算漂亮但工整的字写下：

1. 为什么凶手选择偏远的别墅区作为犯罪现场？
2. 为什么凶手知道栗原夫妇在车库里？
3. 为什么凶手知道高塚桂子独自在屋子里？
4. 为什么凶手已计划被抓却破坏了部分监控？
5. 杀害高塚桂子、刺伤的场雅也的刀在哪里？

加贺放下笔，转向众人。"还有一些小的疑问，不过首先要弄清楚的是这五个问题。大家如果有想法，就请说出来。"

"昨晚我提的那个问题不在里面嘛。"高塚似有不满，"就是桂子手里那张被撕破的纸片。那到底是什么，又是被谁带走的？还是说,您觉得这些都是小疑问?"

"不,我只是觉得目前还不清楚是否跟案件有关,所以没写出来。不过确实是疑点,我加上去好了。"加贺再次拿起笔。

6.高塚桂子手中的纸片是什么,原本的纸张是谁带走的?

"这样可以吗?"加贺向高塚确认道。

"可以。我觉得这是关键,相当重要。"

"我也这么认为——那么,还有谁有别的意见吗?"加贺扫视了一圈。

"这么罗列出来一看,全都很可疑啊。"樱木千鹤盯着白板,"为什么警察放着这些问题不管呢?真是不可思议。"

"刚才已经解释过了。"榊看起来有些不耐烦,"所以我不会再重复。"

"确实,这里的每一条都是谜团,但并非无解。"的场说,"要强行给出答案也很简单,比如说,只是单纯的巧合。"

榊点点头,仿佛在说"没错"。

所有人都陷入了沉默,好像一时都无法提出能推进讨论的意见。

"加贺先生,"静枝再次发言,"多亏您替我们梳理得这么清晰,哪怕像我这样头脑不怎么灵活的人,现在也很清楚问题所在了。不过,对于这些问题,我实在想不到答案,大家好像也都一样。加贺先生,您是怎么想的呢?如果您不仅仅是梳理了这些问题,而是已经有了一些推理或者思考,能不能说来听听?"

"我的想法吗?"加贺显得有些警惕。

"对，我也很想听一听。"高塚说，"从昨天开始，您就主持得非常出色，而且还看穿了久纳小姐的真实目的。我很佩服您的洞察力。要是您已经有了一些想法，就请放开了说出来吧。"

春那也正这么想，她抬头与加贺四目相对。加贺看到她的眼神里写满了"拜托了"。

"我也想知道。"久纳真穗也开口道。

加贺挺直上身做了个深呼吸，又动了动肩膀。"如您所说，我确实是有一些思考。不过，我之前是想，尽量让各位自己说出来。因为，我的推理一定会给大家带来不快。即便这样也不要紧吗？"

"不要紧。大家说是不是？"高塚一问，几乎所有人都在点头。

"好的，那我就说了。此处第一到第五个问题，只用一个答案就可以全部解答。这个答案比久纳小姐的怀疑还要更进一步，那就是——"加贺环视众人，不慌不忙地继续道，"有人不只教唆了桧川大志犯罪，还有可能更积极地参与了犯罪。简而言之，此人极有可能是共犯。这就是我的推理。第一个问题，为什么凶手选择偏远的别墅区作为犯罪现场？因为是这个共犯指定的。问题二和三，为什么凶手知道栗原夫妇在车库、高塚桂子独自在屋子里？正是这个共犯告诉他的。问题四，为什么凶手已计划被抓却破坏了部分监控？那是为了防止监控拍到这个共犯。问题五，杀害高塚桂子、刺伤的场雅也的刀在哪里？答案是被共犯处理掉了。问题六或许也能这么回答，带走纸片的是共犯，只是那张纸原本是什么仍不清楚。"

加贺结束发言，然后像是要观察每个人的反应一样，缓缓转动着轮廓分明的脸。他的表情既像是科研人员在确认动物实验的结果，又像是老师在注视着成绩不好的学生。春那想，将嫌疑人追问到无言以对时,这个人是不是就是这种表情呢?

"原来如此。"高塚小声说道,"您说得对,的确不是让人听了会愉快的话。"

"但是很有说服力。"樱木千鹤说,"甚至可以说,不会有其他可能性了。这个推理很了不起。"

加贺向她点头致谢,又对久纳真穗说:"您是不是也怀疑过这种可能性,只是没说出来?"

"是的。"她答道,"因为感觉太失礼,就忍住没说。"

"确实,无凭无据,这个主张是无法轻易说出口的。各位听完都没动怒,真是不可思议。我是否可以认为,大家接受了这个推理?"

加贺向众人投去询问的眼神。春那再次与他对视,觉得必须说点什么。

"我并不想接受。"嘴唇像是不受控制地动了起来,春那开口道,"不仅教唆了桧川大志,甚至还是共犯,这种事……我不愿相信这里有人会帮助杀人犯。但要是问我除此之外还有什么别的可能,我回答不上来。所以,很惭愧,我觉得现在只能继续下去,看加贺先生之后的推理是什么了。"

会议室里响起掌声,循声望去,是的场雅也。"说得好,我赞同。"

看他眼神严肃,似乎不是出于讽刺而鼓掌,春那低头道了声"谢谢"。

"那么,既然大家没有异议,我就继续下去了。不过,有句话先说在前面。"加贺用宣判一般的口吻道,"如果那个人不单是教唆,还参与或协助了行凶,要追究的就是杀人罪。虽然主犯应该是桧川大志,但那个人也是共犯。在找出此人或证明此人不存在之前，推理一旦开始就不会结束。没有回头路可走，各位可以接受吗？"

无人出声。加贺又确认了一遍，然后用力点了点头。"好，从现在开始，我们就来找出这个共犯。我不会手下留情。不过，我有一个提议，我们换个地方。"

"去哪里？"静枝问，"别的会议室吗？"

"室内的讨论已经足够了，光是纸上谈兵可不行。我们去现场查证吧。请大家三十分钟后在山之内家门前集合。从现在开始要避免单独行动，请大家务必结伴而行。注意，只和家人在一起也算是单独行动。另外，如果带了便于行动的衣服，请先换上。"

加贺拍了一下手。

"那么，现在先解散。"

18

静枝是开车来的,春那便和加贺一起坐她的车过去。开车来的还有小坂一家、高塚以及的场。于是,樱木千鹤坐小坂的车,樱木理惠和久纳真穗坐高塚的车,栗原朋香和榊坐的场的车。一行人以这样的组合出发了。

在车里,春那他们很少说话,这也是自然的。不好开口谈案子,氛围也不适合聊家常。春那只能凝视着窗外。

加贺在一旁专心地看着记事本。他在想什么呢?春那完全猜不出来。

参会人员中有共犯——听加贺解释后,她虽然接受了这个说法,但其实一时间也摸不着头脑。那个人究竟是谁?春那看向驾驶座上的静枝,心想,不可能是她,这个人不会做那么可怕的事……可这会不会只是所谓的主观臆断?这种时候,是不是应该怀疑所有人呢?

但下个瞬间,春那猛然意识到,她自身也可能被人怀疑。不,何止是可能，说不定已经有人在怀疑了。比如加贺，他应该不会因为春那与金森登纪子相熟，就把她排除在嫌疑人之外。

怎么做才能证明清白？春那开始想这个问题。

等回过神来，车已经开进了别墅区，静枝把车停到山之内家的停车场。

"你们在这里稍等，我去拿点饮料。"静枝一下车便说道。

"不，请留步。"加贺说，"刚才我也说过，希望各位避免单独行动。"

"只是去冰箱里拿一些瓶装的乌龙茶和矿泉水而已，再拿些纸杯。"

"我知道，但还是请不要这样做，以免无端招人怀疑。"

"招人怀疑？"春那问。

"警察在和嫌疑人接触后，需要注意的一点就是，不能让对方的行动离开视线。这是为了防止嫌疑人从警方那里获得情报后，企图消灭证据或是与同伙商量。我一个人无法监视所有人，所以请大家不要单独行动。虽然很冒昧，但各位都有可能是桧川大志的共犯，还请认识到这一点。"

听了这些话，春那总算明白过来。加贺此前单单让静枝穿便于行动的衣服来，原来是为了防止她以换衣服为由独自进家门。

这的确是货真价实的刑警——春那想。

"明白了，是我觉悟不够呀。"静枝无力地回应道。

"请别往心里去，这是正常的。"加贺露出温和的笑。

很快，其他车也到了，众人纷纷下了车。

加贺打开记事本，垂下眼帘。"八月八日晚上八点十二分，山之内家的监控摄像头拍到桧川大志出现在这里,这是一切的开始。我们跟随他此后的行动轨迹来看看。不过,我有个问题想先问榊科长——桧川使用的是什么交通工具?他开了车吗?"

"不,这家伙没有驾照,是骑的自行车,我们查到他在自行车租赁店借了一辆电助力自行车。"

"哦,自行车。不过,没有摄像头拍到他骑自行车。他最后一次出现在监控画面里时,正经过绿屋的前面,当时也是在步行。可以认为,桧川骑自行车来到这附近后,便依靠步行行动。因此,各位,虽然可能会有点辛苦,从现在开始我们也步行吧。可以吗?"

众人都没有异议。在这个别墅区,散步也是一种休闲活动,没什么可抱怨的。

"那我们接着去下一个地点,高塚家。桧川在那里切断了监控摄像头的电线。"

加贺迈开步子,其他人也都跟了上去。

一行人走在绿荫环绕的路上。要是有人路过,可能会以为他们是在结伴享受散步的乐趣。但看到近旁的小坂一家时,春那又觉得,路人应该不会这么想。单纯散步的话,不可能所有人都一脸沉重。

小坂海斗始终低着头,默默向前走着。今天还没有听他说过话。置身于奇怪的一群人当中,这样的体验会在小学生心中变成什么呢?春那由衷地希望这件事不要给他留下心理阴影。

高塚家到了。入口处贴着标识禁止入内的胶带,还有身穿制服的警察在值守。据榊说,在案件发生两个月后的今天,仍有几名警察轮流在别墅及周边区域巡逻。

榊走过去，和那名警察说了几句。警察看着众人点了点头。

榊很快折回来："已经说好了，想看哪里都行。"

"既然如此，我们就去现场看看。"加贺说，"不过按照高塚先生之前说的，现场依然留有血迹之类的东西，心里有抵触的人也可以不去。"

"那我和我儿子在这里等大家。"小坂七海稍稍举手。

"我也算了。"栗原朋香说。

春那有些迟疑，但很快下定决心——都到这一步了，不能退缩。

最后，其他人都决定进去看。

春那还是第一次走进山之内家以外的别墅。不愧是兼做疗养院的房子，又大又宽敞。一进门就是客厅，墙上挂着装饰画，有种酒店的格调。

地板上有一块地方用胶带围了起来。虽没有电视剧里常见到的那种摆成人体形状的绳子，但榊告诉众人，高塚桂子就是倒在了那里。地板上随处可见隐隐约约的黑色斑点，似乎是血迹。

"还跟那天夜里一样，原封不动。"高塚平静地说，"如诸位所见，这里没有争斗的痕迹，完全不清楚桂子是如何被杀的。"

"桂子夫人胸口有多处被刺中，对吧？"加贺确认道，"也就是说，凶手是从正面袭击了她。照理说，她在看到陌生男人进家门时，应该会发出惊叫或者尝试逃跑。为什么这里没有留下这样的痕迹呢？"

"您的意思是，行凶的人不是桧川，而是我妻子认识的人？"高塚瞪大了眼睛。

"这种可能性不是很高吗？为了掩盖这个事实，事先破坏了监控摄像头。不留下刀，也可能是因为上面没有桧川的指纹，会暴露这是其他人所为。"

高塚对着榊问道："警方怎么看？"

"正面被刺中且没有抵抗的痕迹，单从这些就判断被害人认识凶手，稍微有些武断。"榊沉着脸，"也可能是凶手悄悄从背后接近，趁她回头的瞬间袭击了她。又或者是，桂子夫人刚一开门，就有人用刀威胁她，让她退到客厅，并在此期间捅了她。"

"如果是这样，就没理由破坏监控摄像头。"加贺立刻反驳。

"可能另有原因，也可能原本就没什么理由，只是单纯搞了破坏而已。"榊干脆地回应道。

"那张纸片——"高塚说，"将桂子手里握着的纸带走的人，也许就是共犯。桧川这么做是为了防止那个人被拍到。"

"有可能。"榊点点头。

加贺虽没有表示赞同，但也没有反对。讨论到此结束了。

"那么，我们继续去下一个地点，栗原家。"加贺说，"严格来说，是栗原家车库的前面。"

一行人离开高塚家，向下个目的地走去。微风吹到身上并不冷，反而有几分惬意。但春那并没有心情享受这些。加贺冷静而犀利的话，深深刻在了她的脑海里。

杀死高塚桂子的不是桧川大志，而是这里的某个人。

如果是真的，那就不只是杀人案共犯的程度了。在高塚桂子一案中，此人是主犯。

春那失去了观察周围的勇气，和他人眼神相遇也让她感到害怕。

栗原家到了。禁止入内的胶带贴在车库而不是主建筑上。警察不在，也许是去哪里巡逻了。

"这里的监控被人拔了 SD 卡。很可能是有人趁栗原一家出门，偷偷溜进来干的。这个人极有可能就是桧川。他在破坏了高塚家的监控后，又来到这儿。"

看着加贺站在房子前讲解的样子，春那联想起陪同游客参观的导游。人这种动物，偏偏越紧张的时候，越会去想一些无聊的事。

"这之后桧川做了什么呢？离聚会结束还有很充裕的一段时间。"

"在栗原一家回来前，他一直待在这里吗？"静枝抬头看着房子，语气里透着厌恶。

"很有可能。但要是就这么干等着，桧川也无法安心，所以他和共犯应该是事先计划好了，共犯在聚会结束后就通知他。"

听了加贺的话，春那心情愈加沉重。越听越觉得所谓共犯是的的确确存在的，其他人想必也有同感。

"是不是桧川出了别墅后，暂时躲在某个地方观察？"的场说，"所以才会知道栗原夫妇进了车库。"

"极有可能。"加贺表示赞同，"我们去车库看看吧。"

车库建在主建筑的右侧，不是简易的停车棚，三面都筑了墙，还装了卷帘门。加贺正准备拉开门，却发现上了锁。

"有这里的钥匙吗？"加贺问朋香。

"可能有，稍等。"

朋香放下背包，找了找，很快取出一个透明的塑料袋，可以看到里面装着汽车的智能钥匙和钱包等。

"大概一个月前警察送过来的。似乎是我父母遇害时身上带的东西。"朋香拿出两个钥匙包，"黑的这个是我爸爸的，红的是妈妈的。钥匙应该就在这两个包里面。"

加贺接过黑色的钥匙包,打开后看到里面挂着几把钥匙。

他在卷帘门前蹲下,拿起一把钥匙插进锁孔转动。只听见咔嗒一声。

"猜中了。"加贺说着把钥匙包还给朋香,拉起卷帘门。光照进微暗的车库,一辆银灰色的车出现在眼前。

车库纵深很长,汽车前面还有几平方米的空地,也许是给客人停车用的。这块空地也跟高塚家的客厅一样,有一部分用胶带围着。

"栗原夫妇的遗体就在那里。"榊指着胶带围起来的地方。

"可以告诉我们遗体的情况吗?"

榊打开手机,将屏幕出示给加贺:"一般人我是不会给他看的,但是你的话可以。"

加贺盯着屏幕,眼神变得凌厉:"栗原正则先生是胸前被刺中,由美子女士是后背。而且,从刀上附着的血迹状态来看,先被刺中的是栗原先生。"

"没错。由美子女士可能看到丈夫被刺,想向外跑,但是从后方被袭击了。而且,她没能逃跑是有原因的。"

"怎么说?"

"把卷帘门拉下来就知道了。"

高个子的加贺伸长手臂,手指搭在卷帘门底部,把门拉了下来。车库里瞬间变暗,但很快亮起灯,是榊按了墙壁上的开关。

"看这里。"榊指着卷帘门内侧,"上面有一些红黑色的斑点对吧?这都是由美子女士的血迹。也就是说,她被刺的时候,卷帘门是放下来的状态。没能跑掉可能就是这个原因。警察找到这对夫妻的遗体时，卷帘门似乎在距地面约三十厘米的位置，灯是关着的，从开关上检测出了桧川的指纹。应该是他将门稍微拉上去了一点儿，关掉灯后逃跑的。"

"请稍等。"加贺抬手打断了榊，"也就是说，桧川行凶时卷帘门是关着的。那是谁把门放下来的呢？"

"这就不知道了。可能是栗原夫妇，也可能是桧川。"

"不对，不可能是桧川。他在这对夫妻面前现身，再当着他们的面把卷帘门拉下来？栗原夫妇不会就这么呆呆地看着，就算凶手拿着刀，也有很多机会逃跑才对。"

"那么是栗原夫妇关的门？可关门后桧川是怎么进来的呢？"

"所以我想，"加贺顿了顿，不慌不忙地继续道，"桧川在这之前就已经闯进来了。"

"什么？"

加贺走近朋香，低头看向她。"你们住在别墅时，车库门是什么状态？是每次进出都开关门吗？"

"不，我们在这里时，就让门一直开着。"朋香清清楚楚地回答。

"是啊，一般都是这样。所以，可能是桧川在栗原夫妇来之前就闯进了车库，偷偷藏在车的后面。接着，栗原夫妇进来，把门放下。我觉得这样想比较合理。"

加贺再次拉起卷帘门，自然光照射进车库。

"这样的话，问题又来了。"的场说，"就算桧川监视着栗原家，也未必就能比栗原夫妇更早进入车库，除非有人把夫妻俩的行动通知了他。"

一阵微妙的沉默过后,有人站了出来,是朋香。"我没有干这样的事,绝对没有。"她声调高昂,简直像在舞台上念台词。

"不……"的场立刻慌张地说道,"我没说是你干的。"

"但你刚才说的话,就是这个意思。"静枝难得地换上了生硬的语气,"因为除了朋香,没有人能做到这一点。"

"我只是在陈述客观事实。"的场也强硬地顶了回去,不理会她。

空气中飘荡着尴尬,氛围很快变得十分沉重。春那小心翼翼地偷看朋香,这个中学生虽然仍抬着头,眼睛却已经红了。

"还有一个问题。"像是要缓和一下气氛,加贺竖起食指,"为什么栗原夫妇要拉上卷帘门?如果打算出门,是不会这么做的吧。那他们半夜三更进车库的目的是什么?打扫卫生,还是做汽车保养?这些都不能说是十万火急的事。"加贺再次低头看朋香,问,"你有没有听父母说过关于这个车库的事?"

朋香细长的眉毛拧在一起,用手指摸了摸嘴唇。"我们来别墅时,爸妈经常会进车库做一些事。这么一说,我想起那个时候他们的确会把门放下来。"

加贺看向榊:"警察对车库做了多少调查?"

"调查到何种程度不好说,但一般的司法鉴定和现场勘查是做了的。"

"移动过车吗?"

"应该没有,因为没必要。我想这就是案发时的样子。"

加贺点了点头,看了一圈车库和汽车。他脸上露出想到什么的表情,突然弯下腰,观察起车身下方。

"您在做什么?"春那问。

"有意思。"加贺微微一笑，向朋香招了招手，"之前那个塑料袋里有车钥匙吧？可不可以借用一下？"

朋香从塑料袋里取出智能钥匙，说了声"给"，递给加贺。

"有没有人能帮忙把车稍微往前移动一点儿？"

小坂响应加贺，站了出来："我来。"

"只要往前开三四米就可以了。"加贺把钥匙交给他。

"好的。"

小坂坐进车里，发动了汽车。轮胎发出吱吱的摩擦声后，开始转动。车行驶到入口稍前的位置停下。

小坂打开车门探出头："可以吗？"

"完美。"加贺绕到车的后方。

原先停着车的地面上，铺着一块长方形的黑色橡胶垫。加贺双手抓住垫子的边缘，猛地一揭。

春那不由得"啊"了一声。原本铺着橡胶垫的地方，出现了一个方形的盖子，边长约六十厘米。

榊凑上前，低声叹道："这里居然有这种东西……"

"看来是所谓的地下收纳柜。"加贺将手指搭在把手上试图拉开，但盖子一动不动。"好像上了锁，而且有两个锁眼——朋香，可以把两个钥匙包都给我吗？"

朋香从塑料袋里拿出两个钥匙包，递了过去。

加贺打开黑色钥匙包，找了把匹配的钥匙插进去转了转，又把挂在红色钥匙包里的钥匙插进另一个锁眼转动了几下，然后抓住把手，把盖子提了起来。

被拿掉的方形盖子比春那想象中更厚实，盖子下的构造似乎也很坚固，感觉不能将它简单地称为收纳柜。

春那在一旁往里张望，最先占据她视线的是一片金色的光芒。

"是金条。"高塚说，"好多金条，目测一根有一公斤。按一克八千日元来算，一根就是八百万日元。"

这里究竟有多少金条，春那不知道，但看来不止一二十根的样子。

"朋香，"加贺说，"显然，这些都是你父母的东西，我们是不能擅自碰的。但为了查明真相，我们有必要了解这里都有什么。不是要大张旗鼓地搜查，只是想请你让我们稍微看看里面的物品。可以吗？"

朋香做了好几次深呼吸后，抬头看向加贺："你们会保护我父母的隐私吗？"

"当然。"

"调查完可以恢复原样吗？"

"这个也自然，我答应你。"

"那我同意。"

"谢谢。"说着，加贺蹲下来。

"注意别留下指纹。"榊提醒，"这些说不定会成为证据。"

"我明白。"

看到加贺从登山服的内侧口袋里拿出白手套，春那不由惊讶。刑警平时就随身携带着这东西吗？

加贺戴着手套，从中取出一份文件打开。榊也把头探过来："怎么样？"

"密密麻麻的数字，具体是什么还不知道，我猜是账本之类的东西。但既然放在这样的地方，想必有相当特殊的缘故。金条也是，与其说是放在这里，倒不如说藏在这里更合适。简言之，这些是栗原夫妇来历不明的秘密财产，可以说是小金库。"

"藏在这种地方……"榊低吟，"他一个注册会计师，这么处理也太原始、太简单了吧。"

"他们是觉得这样更容易瞒过有关部门吧。确实，到目前为止都没有暴露。"加贺把文件放回原处，将盖子盖回去重新锁上后，把两个钥匙包还给了朋香。

"不好意思，"榊对朋香说，"这个小金库的事，我会向相应的部门报告，因为有可能涉及犯罪，还望谅解。"

朋香微微颔首："好的。"

"不过，这样就解开了一些疑问。"加贺说，"首先是栗原夫妇深夜进入车库的原因。从聚会回来后，两人发现正门没锁，确认家中没有异常后，保险起见他们又去了车库。拉下卷帘门也是为了防止被别人看到。还有，如果桧川事先知道这个小金库，那么他就可以轻松料到栗原夫妇会在发现门没锁后来到车库。"

"有道理。可为什么桧川会知道有小金库呢？"

"最合理的推断是，有人告诉了他。"

"什么人？"

"不清楚。那个人也许是因为某些契机偶然得知的，又或者夫妻俩中的谁一不小心说漏了嘴，这也是有可能的。"

无论如何，存在共犯的可能性越来越高了。

"那个……我可以说一句吗？"久纳真穗怯怯地问道。

"请说。"加贺回答。

"如果他想在这里伏击栗原夫妇,那么在行动之前,他就哪儿都不能去了。所以,桧川大志最先杀的是栗原夫妇,对吗?"

加贺把黑色橡胶垫放回原处后,点了点头:"这点我认同。"

"那么他的下一个目标是谁?根据昨天的讨论,是高塚夫人和樱木院长中的一个,但按加贺先生刚才的推理,高塚夫人很可能不是桧川所杀,而是死于共犯之手。这样的话,下一个就是樱木院长。"

"现在还没有确定高塚夫人就是共犯所杀。"榊马上说,"就连存在共犯这一点,本身也并非定论。但你希望死于桧川大志之手的人哪怕少一个都好,这种心情我明白。"

"我绝没有这个意思……"

"没事的。"加贺开解道,"如榊科长所说,目前一切都还不确定,所以我们才要调查。总之,现在已经看过高塚夫人遇害的现场了,接下来就是樱木家。各位,我们出发吧。哦,在那之前,小坂先生,麻烦您把车先开回到原位。"

19

沿着道路从栗原家走到樱木家,需要绕上一大圈。但若站在道路尽头往下看,就会透过茂密的树林看到樱木家那标志性的屋顶,两家实际上相距并不远。林间虽没有像样的路,不过坡度不算大,哪怕不穿登山靴,抄近道过去好像也非难事。连穿着带一点儿跟的鞋子的春那也能勉强走下去,只是没有余力去观赏风景,得格外留意脚下。

走着走着便能看到下方的道路。比预想的还要近。

先一步到达的加贺已经在樱木家门前等候。

"八分钟。"他看着手表说,"从栗原家过来需要八分钟。要是抓紧一点儿,应该还能再缩短一些。监控摄像头拍到,晚上十一点五十分,桧川大志横穿过樱木家门前的道路。"

这栋别墅前也有穿制服的警察站着,不过似乎已经知晓情况,二话不说便让开了路。

"那件事发生后,我就没来过这儿。"樱木千鹤穿过大门,"大家也请进。"

春那也是第一次踏进这栋别墅。房子建有一个宽敞的露台,正对着院子。

"这里就是案发现场吗?"加贺问。

"是的。那天外面摆放着桌椅,应该是怕被雨淋湿,警察把它们收进室内了。"

"能否按照当天的摆放方式还原出来?"

"我是无所谓……"樱木千鹤看向榊。

"应该没什么问题。"榊回答。

樱木千鹤打开房门,主要由几名男性进屋把桌椅搬了出来,放到露台上。

"能不能像当时那样落座?"

听加贺这么说,理惠和的场便并排坐下了。

"榊科长,不好意思……"

"要我代替樱木洋一先生是吧?小事一桩。"榊在理惠与的场对面坐定。

"在这之后,您首先离开了座位,对吗?"加贺问理惠。

"是的,因为我想去洗个澡。"

"过了一会儿,的场先生也离开了。唔,您是为了……"

"院长说想喝咖啡,我进屋告诉了夫人,顺便去了趟洗手间。"

"哦,于是就剩樱木洋一先生一个人了。桧川从他身后悄悄靠近,朝他背上刺了下去。"加贺站在榊的背后,做了个刺击的动作后转过头来,"假设桧川当时在院子外面窥探,他要走到这里还有相当一段距离,大约二十米。为什么洋一先生没有留意到脚步声呢?"

"只是碰巧吧。"榊回答,"如果他留意到脚步声,回过头去,那就是从前面被刺了。仅此而已。"

加贺默默点了点头,又看向理惠。"请您描述一下洗完澡后来到院子时的情形。洋一先生已经倒下了,是吗?"

"是的。就在那一块,趴在地上。"理惠指着榊的脚边。

"我是不是去趴着比较好?"榊作势要起身。

"不用了,会弄脏衣服的——理惠小姐,然后您做了什么?"

"我跑到了爸爸身边。"

"在那之前您没有大声喊叫吗?"

"啊,有。"

"听到叫声,樱木夫人走出来,了解情况后,她为了叫救护车再次回到屋里,换成了的场先生出来。"加贺朝向的场,"能不能说说,在这之后您做了什么?"

"就像我昨天说的,我想凶手还在附近,就出去查看情况,结果自己也被人捅了。"

"是在栗原家附近对吧,也就是说,您是沿着刚才我们下来的那个斜坡上去的。为什么不顺着道路,而是挑这样的地方走呢?"

"这我很难回答。当时就是不由自主那么做了。一定要说的话,我总觉得凶手做贼心虚,不会走寻常的路,而是会抄近道逃跑。"

"但实际上并非如此,凶手躲在某个地方监视着这里,接着便跟在您身后袭击了您。"

"应该是的。"

"哎呀哎呀,这么说我们还得爬上那个斜坡吗?"高塚不耐烦地说,"勘查现场简直跟打高尔夫一样累啊。"

"不至于吧,"樱木千鹤说,"栗原家附近刚才也看过了。加贺先生,您说呢?我觉得没必要把凶手袭击雅也的路线再特地走一遍。"

这话让人忍不住多想。除了嫌折返麻烦之外,是否还有别的用意,春那猜不透。

"明白了。"加贺回应道,"那么我们去下一个地方吧。回到山之内家,这样就算是抵达终点了。"

众人离开樱木家,沿着道路出发。这段路呈一条平缓的弧线,很快,山之内家出现在左手边。

一行人绕到后院。那夜聚会的场景再次浮现在春那眼前。但是,还有比这更深刻地烙印在记忆中的事。春那将大家带到了那里——英辅倒下的地方。

旁边就有个出入口,可以从路上直接进来。

"榊科长,查清作案地点了吗?"加贺问。

"没有,但我们认为就在离此处不远的地方。被害人身上有两处被刺中,没插着刀的伤口理应有大量出血,但这附近并未看到血迹。所以,他应该是在被刺伤后不久就逃进了这个院子,估计已经筋疲力尽了。"

加贺道了声"谢谢",继续说:"好,现在我们已经看过全部的案发现场,也发现了栗原夫妇的小金库等新的事实。基于目前已知的这些信息,我们来推理出真相吧。"

"加贺先生,"静枝说,"这么走了一圈,我想大家应该都累了,稍微休息一下怎么样?烧烤时用过的桌椅都放在那边的杂物间里,我想至少把椅子拿出来……"

加贺一脸被泼了冷水的模样,不过很快恢复温和的表情。"嗯,确实。那就麻烦了。"

"谢谢。有没有人能来搭把手？"

当然，所有人都去帮忙把椅子搬了出来，然后各自找地方坐下。

"简直像回到了那个烧烤之夜啊。不过，心情是完全不同了。"樱木千鹤自言自语般说道。

"现在开始讨论可以吗？"只有加贺还站着。

高塚举起了手："我有话要说。"

"请。"

"如果这里有人是桧川的同伙，这个人肯定之前就知道会出现那么多被害人。虽然不清楚目的是什么，但我想这个人不会为了达成目的，不惜把亲人的命也搭进去。我想说的是，有亲人被害的人，是不是可以排除在外了？"

听了高塚的话，春那心绪起伏。这绝不是一个异想天开的提议。倒不如说，大家显然都是这么想的，只是没有勇气说出口。

众人的视线投向同一个方向。春那也一样，但她无法盯着对方，只是低下头悄悄打量。

被众人齐刷刷注视着，那家的一家之主明显慌乱了起来。

"啊，什么意思？"小坂睁大眼睛，站起身，"是说我们一家是共犯吗？等等，等等，饶了我吧，这怎么可能呢？事情为什么会变成这样啊？"

"我刚才说了，其他人都痛失家人或者伴侣，一般来讲，人是不会为了完成杀人计划而牺牲至亲的。"

"可是，这……"小坂表情僵硬。

"我们为什么要帮桧川呢？根本没有动机啊！"一直沉默的小

坂七海在丈夫身边强硬地发出抗议。

"是吗？没有人比你们动机更明显了，特别是杀死桂子的动机。桂子最近一直在这样那样地考验你们，你们应该是觉得她做了很多过分的事吧。为了能回去工作，你们拼命忍耐着，但万一她稍有不悦，恐怕就前功尽弃了。不如干脆让她死掉——会这么想也很自然。"

"根本没有这回事！我们半点都没动过这种念头，只是想拼尽全力把事情做好……"

看着拼命解释的七海，春那想起昨晚从她嘴里听到的话。当时她一副对高塚桂子的刁难认命接受的样子，为了丈夫能重拾旧业，她决定豁出去，忍耐下去。可是，也不能就此断言她不是在演戏，甚至可以认为，那是她为了取得信任埋下的伏笔。

"按加贺先生说的，杀死桂子的很可能不是桧川，而是那个共犯。"高塚冷冰冰地说，"如果是你们，桂子也不会有所防备。"

"会长，您是不是忘了，那天晚上，我不是一直跟您在一起吗？我哪有时间去做这些？"

"你是不行，但我们在酒吧里喝酒时，有人始终是单独待着的。七海，就是你。你说你在车里等，谁知道是不是真的。会不会是一把我们送到店里，就马上去别墅杀了桂子，然后再回到酒吧这边？"

"我没有！"小坂七海站起来，高声喊道，"那天晚上我真的在酒吧附近等待，一直在玩手机……啊，对了，您去调查手机的定位信息，应该就能知道我哪儿也没去。"

"那种东西想动手脚还不容易？你只要在作案时不带手机就行了。"

"不是的，为什么不相信我呢？"七海两眼通红，泪水夺眶而出。

"抱歉，我已经过了受女人眼泪影响的年纪了。"高塚冷冷地说，抬头看向加贺,"我的推理如何?"

"没有大的漏洞,挺合理的。"

"怎么会?!"小坂的脸扭曲成一团。

"不过,还是有一个问题——监控摄像头。樱木家、山之内家以及绿屋的摄像头都是在工作的,如果七海女士开车往返,那么,没有被这些摄像头拍到很奇怪。"

"是不是在进别墅区前下了车?走路的话,要避开摄像头不难。"

"但小坂一家当时是第一次来这个别墅区吧?不熟悉地形的情况下,可能做到吗?"

"他们是前一天来的,只要事先踩过点,我觉得是有可能的。但最重要的还是,只有他们没有亲人被杀。"

"会长,话虽如此,可所谓亲人也分好几种不是吗?"小坂七海带着哭腔,"名义上是亲人,实际关系并不亲近,就算对方被杀也不见得会多难过啊。"

"你是在说谁?"

七海只是低着头,没有回答高塚的问题。

"你在说谁?"高塚提高了嗓音,"好好说清楚!"

"请不要用这么大的声音说话。"加贺制止了老人,然后看向七海,"故弄玄虚可不好,有话就请干脆地说出来。"

七海依然沉默,没有要回答的意思。

"该不会是在说我吧?"静枝小心翼翼地开口道,"被害人当中跟我是亲属的,就是鹫尾英辅。他是我的侄女婿,要说关系不算亲近也没错。"

春那愕然,她还从没往这个方向想过。

"您是这个意思吗?"加贺问七海。七海仍沉默着,但低着的头微微点了一下。

静枝双手捂住嘴,连连摇头,随后把手放下来按在胸口。"我为什么要做这种事呢?去当杀人犯的同伙,甚至不惜牺牲自己的侄女婿?"

七海终于抬起头,说:"鹫尾英辅先生被刺是计划外的事吧?他本来是不会被杀的,但他为了查看情况走了出去,碰巧遇到桧川,被他刺中。难道不是这样?"

听到这个说法,春那心里一惊。确实有一定道理。

"那我的动机是什么?我为什么要帮桧川大志?"静枝用克制的口吻问。听得出来,她在拼命控制自己的情绪。

"这个嘛,谁都有一些不可告人的秘密……"七海闪烁其词。

"搞什么?加贺先生不是刚刚提醒过了,有话想说就干脆点。"高塚大声呵斥,"都到了这个份儿上,就别装了,大家把肚子里的话全部吐出来吧,反正今后可能也不会见面了。"

七海胸口起伏,让呼吸平静下来后,横下心一般看向前方。"好,那我就说了。这些是我从您夫人——桂子夫人那里听来的。夫人说,这个别墅区里住了只狐狸。她把男人勾引到自己的老巢,迷得他们晕头转向,对她唯命是从。据夫人说,这只狐狸就是山之内静枝……"

静枝瞪大了眼睛。"桂子夫人为什么要这么说?我不明白……"

"夫人亲眼见到好几次,你在那栋无人居住的绿屋里跟男人见面。夫人说,那栋别墅是你跟男人幽会用的爱巢,从她房间可以用望远镜清楚地看到别墅的后门。"

"为什么要这样胡说……我跟谁幽会了？"

"要我说出来吗？"

"请务必说来听听。"

"对方是……"七海瞥了一眼朋香后继续道，"栗原正则先生。"

春那看到朋香瘦小的肩膀微微一震。她脸上倒没有变化，视线也始终看向一处。

"我和那位？怎么可能？你们一定是弄错了。"哪怕是静枝，此刻的声音也不免带上几分尖锐。

"我只是在转述桂子夫人的话而已。那天，也就是八月八日，她说看到你把栗原先生叫进了绿屋。"

"那天我一直在忙着准备聚会。我不知道桂子夫人为什么要这么说，完全是无中生有。"

"喂，小坂，你老婆说的是真的吗？"高塚问，"桂子真的说了这些？"

"据内人讲，是这样的。"

"桂子不像有偷窥这种不良爱好啊。"

"是真的。"七海说，"她还给我看了那副望远镜。"

"哦，是嘛。但就算是这样，跟案子又有什么关系？你不就是在曝光别人的隐私吗？"

"不是的，会长。"七海肯定地说，"山之内女士如果跟栗原正则先生有特殊关系，就有可能听过小金库的事，没准儿还知道备用钥匙在哪里。这样的话，栗原夫妇一旦过世，又没有其他人知情，对山之内女士来说不是非常有利吗？"

春那看到高塚脸上露出了恍然大悟的表情。确实，七海的说法并非毫无道理。"

静枝神情恍惚地沉默着,似乎无言以对。

"等等。"春那下意识冒出一句话,"您该不会是想说,我姑姑是为了把财产据为己有而去协助桧川吧?"

"虽然不能一口咬死,但这也是有可能的,不是吗?"

"难以置信,太荒谬了。"

"那么,请容我说一句,各位怀疑我们也很荒谬。"

小坂七海之前一直放低姿态,此刻的气势镇住了所有人。春那终于明白,这才是她的真面目。

春那看向静枝,她似乎甚至没有要反驳的意思,无力地垂着头。

啪啪啪——是樱木千鹤拍了拍手。"好了,各位,就到此为止吧。像这样毫无结果的讨论再怎么继续下去也没有意义,不仅会破坏大家的关系,还会让所有人都变得疑神疑鬼。我原本期待大家能更理性地得出答案,但似乎是不可能了。看来,只能由我来结束这场讨论了。"

"你来结束讨论?"高塚问,"什么意思?"

"就是我来揭晓真相的意思。"樱木千鹤站起身,朝向众人,"其实,有件重要的事我一直隐瞒到现在,因为我想最好是能听到本人站出来坦白。但现在看来是没希望了,我还是告诉大家好了。我隐瞒的,是关于我丈夫遗体的事。案子发生后不久,县里的刑警到东京来找我,问了几个问题,其一就是我丈夫平时是否服用安眠药。我回答说,他没有这样的习惯。当时我只觉得奇怪,不知道为什么要问这个问题。等他们离开后我反应过来,想必是在尸检时发现我丈夫体内有安眠药的成分。我一下子产生了巨大的疑问,为什么丈夫吃了安眠药？不过，我也想明白一件事，刚才加贺先生提的那个问题——为什么我丈夫没有意识到凶手从后方接近？答案就是，因为他睡着了。更准确地说，是有人让他睡着了。"

加贺严肃地看向榊："尸检检测出了安眠药？"

榊带着痛苦的表情点了点头："是的。"

"对这一点，警方的看法是……"

"没什么特别的。吃安眠药是个人自由，也有人会选择对家人保密。"

"但您认为，"加贺对樱木千鹤说，"您丈夫并非自愿服用安眠药，而是被人下了药。"

"没错。"

"那这个人，您已经有所猜测了？"

"对。话已至此，答案不是很明显了吗？"樱木千鹤把目光投向一个人，"雅也，是你给他吃的安眠药吧？"

的场瞄了一眼旁边板着脸的理惠，起身朝向樱木千鹤，从容不迫地应道："我为什么要这么做？"

"为什么？还需要解释吗？不是彻底讨论过一轮了吗，答案已经呼之欲出了。桧川有共犯，这个共犯给他提供情报、协助犯罪，而给我丈夫吃安眠药也是其中一环。让他睡着，把他单独留在露台上，好让桧川下手更方便，是这样吧？"

"不好意思，说要在露台上喝酒的人是院长他自己。"

"所以你觉得这是个机会嘛。你通知了桧川，让他来动手，为此还预先给我丈夫吃下了安眠药。"

的场摇摇头，低头看向理惠："你妈妈似乎脑子变得不正常

217

了。"他再次面朝樱木千鹤,说:"那么我被捅这事又要怎么解释?"

"很简单,掩人耳目啊。为了避免被人怀疑,就自己捅了自己。"

"我自己捅了自己?说什么傻话。"

"不过,在那之前,你可能还做了一些不得了的事。爬上后面那个斜坡之后,你先去了高塚家,找借口进去刺死了桂子夫人,接着回到栗原家附近,做出自己也遭人偷袭的样子。"

"我杀了桂子夫人?亏您能想出这么荒谬的事。"的场摊开双手,"加贺先生,您该不会真的打算接受这种粗暴的推理吧?"

加贺目不转睛地盯着的场,说:"我有个问题。"

"什么?"

"看到洋一先生被刺之后,您觉得凶手可能还在附近,就出去了。"

"是的,怎么了?"

"也就是说,您看了洋一先生一眼,就知道他已经没救了?"

的场的表情僵住了。

"一般来说,这时不是会做点什么吗?就算知道没用,也会试着去止血,或是呼唤伤者。实际上,鹫尾春那小姐说她在发现她丈夫后,就是这么做的。鹫尾小姐是护士,而您是医生,判断力不太可能比她差。"

"没错。"樱木千鹤说,"我跟理惠在等救护车的这段时间里,你不在场。本来,你一个医生,最应该守在那里。这是为什么?麻烦你好好解释一下。"

听了加贺的问题,春那想起今早加贺问她的事。这么一说,确实如此,作为医生,照理说不会放着被刺伤的人不管,而去干追凶手这种事。

的场到底打算怎么回答呢？春那小心翼翼地把视线投向他。

的场呆呆地站着，承受着几乎所有人的目光。那张脸看起来好像正在拼命思考如何渡过这一关。旁边的理惠脸色苍白，唯独她没有看向的场。

过了一会儿，的场突然无力地垂下肩膀。"樱木千鹤夫人，我问你，假如我说，我盼着院长死，你能猜到理由吗？"

"当然了。"樱木千鹤冷冷地说，"是为了复仇吧？给你的家人复仇。"

20

　　的场薄薄的嘴唇勾起一丝冷笑:"果然发现了啊。是从什么时候开始的?"

　　樱木千鹤歪了歪头。"今年七月底吧,就在聚会前不久。我丈夫让调查公司彻查了你的背景。毕竟我们不仅要把独生女儿嫁给你,迟早还会让你继承医院,这么做也是自然的,跟单纯招个内科医生可不一样。结果真是大吃一惊,没想到你居然是那个人的儿子。"

　　"为什么没有立刻找我呢?"

　　"我丈夫说要先观察观察,必须弄清楚你来我们医院的目的是什么。如果你知道那件事,肯定不会来我们医院才对,但你不可能不知道……"

　　"嗯,我一清二楚,从还是小学生的时候就知道了。"的场扬起下巴,"我父亲就是住进这家医院动了手术,然后丢了性命。这家医院的名字我不会忘记。"

　　"喂——"高塚打断二人,"你们在说什么?解释一下,让我们也听明白。"

"你来说吧。"樱木千鹤命令的场,"这样更快些。"

"不是因为我说更快,而是因为你难以启齿吧?那可是樱木医院的黑历史啊。"

"这个世界上只有你一个人这么想吧。"

"不,很多人都察觉到真相了。判决书的开头,审判长是这么说的——医院方面提供的部分证据无法采信。"

"但最后是怎么判决的呢?"

"不好意思,"加贺插进来,"这是怎么回事?我完全没听懂。"

"是二十年前的事了。"的场语气冷淡,"我父亲是儿科医生,从某个时候开始,他感觉视力出现了问题,去看眼科后,被怀疑是脑瘤。于是,他到大学学长开的医院就诊,果然确诊是脑瘤,主治医生认为必须要做开颅手术。手术似乎成功了,可没过多久,父亲就突发脑梗,再次接受了手术。但症状完全没有好转,很快他就陷入了昏迷,大约一个月后离开了人世。过了一年,我母亲在父亲朋友的帮助下,向医院和主治医生索赔。父亲生前对手术的合理性表示过怀疑,他没有坚持要求院方给出解释,都是碍于情面,顾及樱木洋一这位学长同时也是院长的缘故。实际上,主治医生没有做必要的检查,在对病情掌握不够充分的情况下,就确定了开颅手术的治疗方案。当时我父亲意识清醒,也具备思考能力,如果被告知了手术风险和替代疗法的话,是有可能避免开颅手术的。当然,医院方面是不会承认过失的。从我们提起诉讼到判决下来,一共花了五年的时间。战线拉得这么长,是因为院方不肯提供主要证据。医疗官司中,原告负有举证责任。医院主张手术录像和诊疗记录丢失了，我们也就无能为力了。他们好不容易交出来的病历，也经过了一通篡改。"

"那么判决结果呢？"樱木千鹤声音焦躁，"大家都听得不耐烦了。"

的场瞪了她一眼，然后叹了口气。"我们败诉了。法院既没有认定那是误诊或手术失误，也无法认定主治医生未作充分说明。审判长虽然认为病历不足采信，但与此同时也因为缺乏证据，无法认定病历经过篡改。"

"对，这就是结果，是不可动摇的事实。"

"事实？"的场皱紧眉头狠狠地说道，"这根本就是扭曲捏造的谎言！但是，我们已经放弃打官司了。当时我就下定决心，要用别的方式来复仇。我想成为医生，但不是为了子承父业，父亲的小医院很早以前就关门了。我要得到的，是樱木医院，这家害死我父亲的医院。我想，无论如何也要混进去，把医院夺过来。我拼命地努力，昨天也提到过，我母亲还为此跟亲戚们低头，四处求人帮忙。顺利当上医生后，我的想法也没有改变。很快，我听说樱木医院在招内科医生，就去应聘了。"

"当时要是发现了你的身份，我丈夫就不会录用你。我们做梦也没想到，你会是那个人的儿子。况且，你的名字也不一样了。"

"我拜托母亲用回了她的旧姓。要是让人知道她曾提起过医疗诉讼，不管哪家医院都不太可能会要我。当母亲得知我新的工作单位是樱木医院时，她脸色大变。不过她没有反对，也许是察觉到了我的目的，选择了相信我。"

"那时你应该不是冲着我女儿来的吧？"

"在去医院工作前我并不知道有理惠,直到我参加了院内联谊这种无聊的活动。"

咣当一声,理惠站了起来,扭头向后院的出入口走去。

"请等一下。"加贺叫住她,快步追上去,"您这样走了,我会很为难的。"

理惠停下脚步,肩膀起伏着。"您是说,这种话我也得听下去吗?"

"我知道您不好受,但现在您不能离开。"

"所以我早说了,你不来更好。"樱木千鹤大声说道,"你要是听妈妈的话就好了!"

理惠转过身,视线像要刺穿母亲,但她还是什么都没说,只是垂下头。

加贺把理惠留在原地,走回刚才她坐的地方,拿起她的椅子,再次走到她身边。加贺把椅子转过来放下,拍拍她的肩膀。"请坐吧。"

理惠依然低着头,慢慢坐了下去,后背似乎在微微颤抖。

加贺走回来,说:"樱木夫人、的场先生,请继续。"

樱木千鹤抱着胳膊看向的场。"你是说你和我女儿交往纯属巧合?"

"当然。我也不是想要什么样的女人都能随便得手的,我可没有这种本事。所以我觉得,这是上天赐予我的机会,要是好好把握,那么不仅是樱木医院,樱木家的一切就都是我的了。等理惠生了孩子,樱木家就会混进你们曾害死的人的骨血。还有比这更痛快的事吗?"

"理惠怀孕了?没有吧?"

"没有,很遗憾。"

"那我就放心了。可我还是失去了丈夫,没能躲过这种最坏的情况,真是不甘心啊。我很后悔,应该早一点儿像今天这样质问你。我丈夫顾及理惠,迟迟没下决断,这是他的失败。但他估计也没想到竟会招来杀身之祸,也不能说他有错。"

的场滑稽地晃着身体:"你真觉得是我杀了院长?"

"杀人的是桧川,但教唆他的人是你吧。都已经到了这个时候,你就别装傻了。"

"行,那我就实话实说吧。给院长吃安眠药的人确实是我。我趁他不注意把药混进了威士忌,但这跟桧川没关系。我的目标是客厅里放的那台笔记本电脑。白天,院长看着电脑说了些耐人寻味的话,什么用人之际需要做背景调查之类的。直觉告诉我这是在说我,所以我就想去确认一下他当时在看什么。我以为让他吃下安眠药,他就会直接去卧室了。"

"亏你能编出这种谎话来。"

"我没说谎。"

"你刚才自己不是说了吗?你说盼着院长死。忘了?"

"我没忘,我是这么说的。事实就是,我确实盼着他死。要是他死了,我就能一举实现愿望,所以即使看到他被刀刺中,我也没去处理,因为我不想。那一瞬间我的想法是,只要放着不管,他就活不成了。但当时你们俩在,我不能这么做,所以就借口去追凶手,出了别墅。"的场面朝加贺,"这就是真相。"

"您为什么爬上斜坡向着栗原家去?"加贺问,"此前您的回答是,觉得凶手做贼心虚,会抄近道。"

"正相反,因为我不想和凶手撞上,又不知道他在哪儿,所以觉得爬斜坡更安全,谁想到——"的场耸耸肩,"凶手居然会跟在我后面。"

樱木千鹤向的场投去憎恶的目光:"别再继续扯谎了。"

"信不信由你,我说的都是真话。"

"嗯,我反正不信,所以刚才我说没必要再爬一次坡,我知道你都做了什么。"

"榊科长,"加贺说,"你们在的场先生被刺的位置附近,也对刀展开过搜寻吧?"

"这是自然。斜坡也彻底调查过了,但没有发现。"

加贺点点头,看着樱木千鹤。"若是如您所说,的场先生动手捅了自己的话,那把刀他是如何处置的呢?"

"这种事,总有办法的,比如说远远扔出去。啊,对了,旁边不是栗原家的别墅嘛,是不是扔进他们家院子里了?"

"那里我们也调查过,"榊说,"但没有找到。"

"是不是查得不够仔细啊?"樱木千鹤不悦。

榊没有反驳,像是随她怎么说都行似的扭过头去。

气氛沉重起来。事态急转直下,春那的思路有些跟不上了。就连静枝和栗原正则关系特别这么令人震惊的事,她也觉得无所谓真假或是否有隐情了。她屏住了呼吸,静观其变。

"哎呀,真是吃惊啊。"高塚打破了沉默,"不管什么样的人、什么样的家庭,都有旁人无从知晓的秘密。我以为我早就明白这个道理了,没想到这把年纪,又一次重新体会了其中的含义。"老人摇了摇头,又歪着头朝加贺问道,"接下来怎么办?"

众人把视线集中到加贺身上。显然,大家都对他心存敬意,若说有人能打破这个僵局，也就只有他了。

"各位坦白的都是宝贵的新信息。"加贺用谨慎的口吻说道，"冒昧地说，如果客观考虑，小坂七海女士、山之内静枝女士和的场雅也先生被怀疑，也是情理之中的事。他们既有动机，也有杀害桂子夫人的机会。但是，也不得不说，这些怀疑存在不合理之处。比如，如果小坂七海女士是开车往返的，即便她在快进入别墅区的地方下车，也可能在行驶途中被某个监控摄像头拍到，她不可能无视这种风险。若是山之内静枝女士杀了桂子夫人，那就只能是在出去找鹫尾英辅先生的时候，但鹫尾先生出去这件事本身是无法预知的。如果他没出去，那她打算怎么办呢？至于的场先生，则有如何处理刺伤自己的刀这个问题。还有一点不能忘了，那就是当天桂子夫人的行动。根据高塚先生所说，那天晚上他们去的酒吧，平时桂子夫人也会一起去。如果当时她也去了，那么谁也没法儿对她下手。同样，如果高塚先生他们没有去酒吧，事情又会如何发展呢？那样的话，高塚夫妇和小坂一家便都会待在高塚家的别墅里，要单独对夫人下手实在是不太可能。"

听了这番条理清晰的分析，春那感觉心跳加速。确实，加贺说得没错。

"难不成，桂子被盯上是因为她碰巧落单了，而凶手知道这一点？"高塚问。

"那就很明确了，只能是这个人干的——"的场指着小坂七海。

"不是我！"小坂七海拼命摇着头，"我和静枝女士根本不可能知道高塚先生他们会出门啊。"

"那可不好说。你们没准儿在哪儿看到了他们要外出。"

"请冷静一点儿。"加贺摊开手,安抚着两人,"忘了吗?高塚家的监控摄像头很早就被破坏了,应该说那个时候凶手就已经盯上了桂子夫人,而非出于巧合。"

"什么意思?"高塚问。

"只能这么认为,凶手知道桂子夫人会有一段时间是落单的。"

"怎么可能?"高塚简短地说,"难道凶手有预知能力吗?"

"没有那种能力,让夫人孤身一人也是有可能的——他们事先约好了要碰面。"

"相约碰面……"

"他们应该是约在别墅外见面,所以夫人没有去酒吧。而如果高塚先生你们没去酒吧,夫人就会悄悄溜出别墅,与对方碰面。"

"她跟谁约的?"

"只要知道这一点,案子就破了。"加贺扫视众人,"有人有不同意见吗?"

榊举起了手:"我只想说一句,可以吗?"

"什么?"

"我仍然不赞成桧川有共犯这个说法。我认为,是他在寻找下手对象时闯入高塚家,杀害了碰巧孤身一人的桂子夫人。而破坏监控摄像头这件事,也并没有什么计划性。"

"那么凶器去哪儿了呢?杀害桂子夫人的刀,还有刺伤的场先生的刀。"

榊哑口无言。

在众人的沉默中,不知何时已经坐下的樱木千鹤举起手来。"加贺先生,您知道约桂子夫人见面的那个人是谁了,对吗?"

"我确实有一些推理。"加贺谨慎地回答。

"那就请说来听听吧。大家已经精疲力竭了。"

春那非常赞同樱木千鹤的话,用"精疲力竭"这个词来形容现在的状态再合适不过。不管什么答案都好,赶紧结束就行——这种心情十分强烈。

"好的。"加贺应道,"但是,在此之前,有件事我想先确认一下。是一件很重要的事。"加贺说着走动起来,最后停在了小坂海斗身边。他把手放在低着头的男孩肩上:"你说那天夜里看到了像是凶手的人影,还说那个人影消失在高塚家的东边。这些证词没有改变吧?"

听到加贺的问题,春那不由困惑。为什么事到如今要确认这些呢?她完全猜不透他的意图。

海斗没有回答,仍是低着头,一动不动。

"你如果听到了刚才的那些话,应该明白,你妈妈也受到了怀疑。"加贺斟酌着词句,语气恳切地说道,"如果七海女士杀了桂子夫人,她在这之后要回停车的地方,就正好是往高塚家的东边走。希望你在明白这一点的基础上回答我,你的证词是否有改变?"

"加贺先生,这样不太好吧。"高塚反对道,"您跟这孩子说这些,要是他更改了证词,我们也得相信吗?"

"请先别说话。"加贺朝高塚伸出手,依旧俯视着男孩,"怎么样?这是最后一次确认,要更改的话就趁现在。"

海斗瘦小的身体有了点反应。他抬起头,飞快看了一眼加贺后,再次低下头,小声说了些什么。春那听不清。

"什么?听不到啊。"的场抗议道。

加贺拍了拍海斗的肩膀，朝向众人："他说，人影不是消失在东边，而是西边——谢谢你，海斗，你能做这个决定很了不起。"

"加贺先生，这是怎么回事？"高塚一脸不情愿，"他肯定是为了包庇妈妈而改变了证词。你让他这么做，有什么意义？"

"我现在就为大家说明。"加贺慢慢走了起来。他眉头紧锁，在春那看来，他似乎在为某些事苦恼。不一会儿，他停住脚步，再次面向众人，说道："如我之前所说，这个案子如果不从桧川有共犯这个方向去考虑，很多问题便都无法解释。那么，这个共犯除了用Telegram跟桧川交谈以外，还做了些什么？第一，和桂子夫人相约在别墅外见面。第二，杀害桂子夫人。第三，刺伤的场先生。第四，处理凶器。能够完成所有这些的人，才是共犯。那么，这个人会是谁呢？高塚会长、小坂均先生、樱木千鹤女士、理惠小姐、鹫尾春那小姐都有不在场证明，没有杀害桂子夫人的机会。鉴于没找到刀，也可以排除的场先生刺伤自己这个说法。那小坂七海女士呢？杀害桂子夫人的动机和机会她都有。但不要忘了，这个机会出现得很偶然。而七海女士能把桂子夫人叫到别墅外面吗？从二者的身份地位来看，可以断言这是不可能的。但是——"

加贺再次迈开脚步，停在静枝前面。"如果是山之内静枝女士，要约桂子夫人在别墅外相见应该就不难了。那天是夫人的生日，是不是能以送礼物为由约她出去呢？静枝女士说要出去找鹫尾英辅先生，或许不过是正好有了个合适的借口，实际上早就准备好了别的理由。另外，她也有杀害桂子夫人的动机，因为在绿屋跟栗原先生幽会的事让桂子夫人知道了。若想在案发后把栗原家的秘密财产据为己有，桂子夫人在会碍事。顺利杀害夫人后，她去按了栗原家的门铃以作掩饰。但是,就在她回去的路上,意料之外的事发生了,的场先生突然出现在斜坡下。静枝女士立马刺了他一刀,便逃走了。回家后她藏起刀,若无其事地去帮助丈夫刚刚遇害的春那小姐。"

加贺的一番话让春那大为震撼。从头到尾都能说通,除此之外似乎也不会有别的答案了。

"您说这些……"静枝声音沙哑,"您说这些是认真的吗?"

加贺微微一笑。"只是空谈罢了,现实中是不可能的。静枝女士出门时,附近已经有警察到达了。不知道警察在哪里的情况下,不会有人企图去杀害相约在别墅外见面的对象吧。那么有嫌疑的人就只剩下两个了——"加贺向右一转身,朝前走去,"这个男孩和这个女孩。但是,这个男孩和桂子夫人在同一栋房子里,把她叫出去是很不自然的,而且他首先也并不具备实施条件,比如没有手机。这样一来——"他停下脚步,"虽然我完全不清楚你的动机和事情的经过,但也只可能是你了。"

加贺面前坐着的是栗原朋香。她把背包抱在膝上。

春那深吸一口气,用手捂住了嘴。有人发出倒抽一口凉气的声音。

"这怎么可能?"高塚尖声道,"加贺先生,再怎么说这也……"

"是啊,这不可能。"榊起身,"加贺警部,你的洞察力我是服气的,但这也太没道理了。你说的那些,都只是间接证据。我说过很多次,本来就没有实质性的证据表明存在共犯。"

"没错,所以——"加贺把视线从榊挪回朋香身上,"你可能不会承认。因为你觉得,只要桧川保持沉默,你参与这件案子的事就不会曝光。但是，有一点你失算了，那就是他的证词。"加贺指着小坂海斗，"他说了谎。他之前说可疑的人影消失在东面，实际上却是在西面。他为什么要说谎呢？原因只可能是，他不只看到了身影，还看到了那个人的脸。但他没有说出来，并且还说了那人逃跑的相反的方向。他是在一瞬间决定要包庇那个人的。我不清楚原因是什么，也许是在聚会时得到了那人的善待。如果你不肯说，那我只好问他，那天晚上逃走的人是谁了。"

光是听到加贺低沉的嗓音，春那便感觉五脏六腑都在翻滚。她含着唾液，凝视海斗。男孩脸色苍白，身体颤抖着。

栗原朋香的表情几乎没有变化，似乎她什么都没看到，什么都没听到，什么都没有想。说不定真是这样——春那刚冒出这个念头，女孩便张开了粉色的嘴唇。

"十四岁。"她说。

"什么？"加贺问。

女孩抬头看向他。"就算杀了人也不会问罪的年龄，是十四岁以下吧？"

"是的。"加贺回答。

"真遗憾。"朋香耸了耸肩，"那我会被判处死刑吗？"

"十四岁至十九岁适用少年法。"加贺说，"就算被指控杀人，不到十八岁也不会被判处死刑，最高会判无期徒刑。"

朋香冷笑了一声，说："判死刑也行啊。"

21

栗原朋香无法原谅父母。她想，要是这两个人都死了就好了。
明明以前感情那么好，究竟是怎么了呢？

不知道是谁先背叛了谁，但估计是正则先踏出那一步的。当时朋香还在读小学，她看到由美子趁正则睡觉时用指纹解了锁，查看了他的手机。之后，由美子对正则的态度有明显的改变，应该是那时候发现了什么端倪。

但在朋香面前，两人从不发生争执。不知不觉间，他们又变回了原先那种夫妻和睦的样子。朋香放下心来，觉得之前可能是她的错觉。

因此，在得知父母要把自己送去寄宿学校时，她也没把两件事联系起来。她轻易地相信了父母的说辞——双方工作都很忙，会经常不在家。黄金周、暑假、寒假、春假等节假日，朋香都可以回家，虽然有些孤独，但也没办法。

随即开始的寄宿生活不像期待中那么舒服。虽然偶尔也有快乐的事，但郁闷的时候更多。要忍受规矩的约束固然头痛，但比起烦琐的人际关系都还算是好的。有麻烦的争执，有势力的较量，当然，也不会少了那些阴暗的校园霸凌。

朋香一心盼望着学校赶紧放长假，迫切地想要回去。但她想见的并不是父母，而是心爱的猫咪卢比。让卢比趴在膝盖上，听听音乐、看看视频，这就是她最大的乐趣。

当然，正则和由美子也会热情地迎接独生女回家。回来第一天的晚上，他们总会在东京的高级餐厅吃饭。朋香还会收到父母送的新衣服、新饰品。旁人大概只会觉得他们是其乐融融的一家。

但这一切不过是做给别人看的。她的父母只是所谓的假面夫妻。

朋香已经记不得她是怎么知道这一点的。种种奇怪的言行和费解的事情叠加在一起，就像慢慢剥落一层层薄薄的皮一样，让朋香一点点领悟到可悲的现实。在此期间，她还发现父母双方都另有他人。

而这些都在父母的计划之中。他们早已商量好，等朋香初中毕业就离婚，只是突然告诉女儿的话可能会打击到她，所以就设法让她自己察觉。

首先开口的是正则。今年春假期间，朋香被叫到了父亲的会计师事务所里。

"你应该也隐隐约约感觉到了，"正则先来了这句开场白，"我和你妈妈准备离婚。"

他絮絮叨叨了一通离婚的原因，"价值观不同""人生规划不一致"等等，还用上了"出于对彼此想法的尊重"这种书面语。接着,他又补充了几句"爸爸绝对不是讨厌你妈妈""等你长大就明白了"之类的台词。

他该不会真的觉得靠堆砌这些毫无营养的词句,就能把她打发了吧?朋香定定看向一脸严肃地说着话的父亲,感到不可思议。正则似乎对她的反应很满意,点头笑道:"看来你好像并不意外,那我就放心了。"

才不是呢,我只是惊呆了。朋香在心中反驳。

看女儿反应冷淡,正则似乎心里有了底气,随即打了个电话。没过多久,一个长头发、大长腿的女子出现在事务所,比由美子小了十多岁不止,但看上去远没有她聪明。

"今后的人生,我准备和这个人一起走下去。"正则垂下眉梢。

朋香只能说,真好呀。

之后朋香才知道,那个女人正是被指控诈骗的富豪遗孀。原来网上传言二人有男女关系,的确是真的。

又过了几天,轮到由美子来找朋香了。由美子把她带到银座的一家餐厅,在那里等着的,是一个西装革履、衣着考究的男人。在朋香面前,由美子表现出男人是她伴侣的样子,对离婚的事只字未提。她也许想通过这些告诉女儿,一切都已是板上钉钉。

由美子只在从餐厅回去的路上,随口提了一句:"和你爸爸的事……人生只有一次,所以我不想妥协,抱歉啊。"

"知道了。"朋香回答。

在那之后,父母再也没说起过离婚的话题。朋香回家时,他们也一如既往地做出父母、夫妻的模样。因为二人表现得过于自然,朋香不禁隐隐期待,也许已经没有离婚这码事了。但看到他们各自与恋人联系时,她再一次心碎了。

朋香担心的是将来她要怎么办。她没有听父母谈到离婚后她跟谁生活这个问题,她也没有问过,总觉得害怕,不敢去问。

很快,朋香意识到父母似乎都不太想抚养她。正则那边好像是恋人拒绝了,而由美子这边则感觉是她本人想从养孩子这件事中解放出来。

朋香高中毕业前都会住在寄宿学校,所以这件事可以再拖一拖,也许他们就是这么达成了一致。但再之后,他们打算怎么办呢?朋香一片茫然。

就在她怀着这样的不安过着每一天时,突然停课了,因为有多名学生得了传染病。学校要求寄宿生不得离开宿舍,但允许他们回父母身边。朋香便决定回去,她想见卢比。

可当她回到家,看到的却是面目全非的卢比。它躺在朋香房间的衣柜里,睁着双眼,浑身冰冷,四肢已经僵硬。

正则和由美子都不在。朋香上飞机前才把回家的事告诉他们。两人都有工作,不到晚上是不会回来的吧。不过,他们平时住不住在这里也是个问号。

朋香流着泪抚摩着卢比,很快发现一件事——卢比掉毛很严重,而且很瘦。

朋香查看了家里,想要弄明白他们平时都是怎么养卢比的。猫粮盆是空的,理应盛满水的碗也是干的,猫厕所看样子也没有清理过。朋香的房间里到处是秽物,应该是卢比呕吐留下的。

没过多久,由美子回来了,知道卢比的死后她很惊讶。她对朋香说,前不久卢比从窗户缝跑出去,消失了一阵子。后来,卢比虽然回家了，但变得不太对劲。她说卢比可能是在外面吃了不好的东西。

朋香想，这不可能。她比谁都了解卢比。这是一只胆小的猫，就算要出去也不会离开院子，最多是在车子下面蜷成一团。

但朋香什么都没说。她很确信，不管是由美子还是正则，他们都根本不在意这只猫，就想扔给对方。等要离婚时，猫也只会是个麻烦。

朋香抱着卢比冰冷的身子，心想，这就是她的将来。

正是从这个时候开始，朋香对父母起了杀意。她浏览了许多网站。那时，她看到一个让她印象深刻的关键词：想要死刑。

那个网页上一条条地写着：

> 若因杀了憎恨之人而被判死刑，那正合我意——
> 自杀还有失败的可能，但死刑肯定能让我死去——
> 杀掉某些人，说不定还会被世人当作英雄——

看着这些话，朋香萌生了一种奇妙的共鸣。一旦杀死父母，她也只有死路一条。或许这就是她在寻找的答案。

某天，她看到一条留言："想要死刑的人，请与我联系。"留言者是一个自称"马里斯[①]"的人。朋香感到惊讶，她之前从没想过和别人讨论这个问题。

她没有过多纠结便与这人取得了联系。就这样，朋香与马里斯之间的纽带形成了。

[①] 原文为"マリス"，来源于英文"malice"，为恶意、怨恨之意。

朋香猜对方多半是个男的，但不清楚究竟是谁。据他本人说，似乎是失去了活下去的意义。他还说，既然不打算结婚生子，作为生物岂不是没了存在的价值？

"既然不繁衍后代，那要想体现自我存在的价值，就只能去介入他人的死亡。"马里斯写道，"说得直白一点儿，就是要杀人。而这真的有罪吗？"他抛出这样一个疑问。

"要是有人死于天灾，家人虽然悲伤，但也只能认命。那么，死在我手上，他们也应该自认倒霉。为什么呢？因为，被我杀掉就是神明给予的命运。命运和天灾一样，都是不可抗力。有人死于此，不也可以说是一种自然现象吗？然后，我就可以通过死刑从世间退场，如同暴风雨来袭，卷起一场灾难，然后功成身退。"

看来这个马里斯是真的想要死刑。但能感觉到，他并不仅仅是想大开杀戒，而是要谋划意义非凡的大案。他用了"名垂犯罪史"这样的表达。

马里斯又写道："要是有那种该死的人就好了。最理想的目标就是那些为满足私欲做尽坏事，却还能逍遥法外、自在活着的人。为了确保获得死刑，杀一个人是不够的，要杀两个或者更多。"

将别墅区烧烤聚会的事告诉马里斯时，朋香其实还没有很明确的想法，只是抱着提议试试看的心态。原以为马里斯不会有什么兴趣，但没想到他很起劲，让朋香把详情说给他听。

从这个时候起，两人的讨论便往前迈了大大的一步。他们最终决定，要创造出一个在别墅区行凶的神秘连环杀人狂。

不过，要问朋香这个想法是否现实，她没有自信。她心里明白自己在说的是杀害父母的计划，但感觉就像是在谈论游戏里虚构的东西。

另一方面，朋香对细节格外执着，特别是在作案的顺序上。她想办法稳住了急于求成的马里斯，缜密细致地制订了计划。使用Telegram 也是朋香的主意。

朋香之所以杀害高塚桂子，是因为马里斯说想要尽可能多几个被害人。实际作案的是两个人，但只要不说出这一点，就会给世人留下许多难解之谜。如果就这样走向死刑，不正好能在犯罪史上留名吗？马里斯满怀期待。因此，被警察逮捕后，他虽承认自己是凶手，对犯罪经过却一字不提。

事已至此，朋香已经无法说出"不想杀人"这种话。并且，和马里斯的交谈，确实让她的心理障碍越来越小。

"高塚家的那个老太太就由我来动手。"朋香回复。选择桂子是因为她觉得自己杀个老太婆还是可以的。

接着便到了八月八日。朋香坐在正则的车里一路摇摇晃晃，向着别墅而去。她看着开车的爸爸和坐在身边的妈妈，即便知道这两人今晚就要死了，也没有丝毫真实感。

傍晚，由美子出去买东西，朋香开始了第一个行动。不难，只是把监控存储设备里的 SD 卡拔出来而已。

存储设备在玄关的电源盒里。确认了正则在露台上后，朋香便走到玄关，打开了电源盒，一面取出 SD 卡，一面小心地不留下指纹。

还有一件事要准备，那就是去拿房子的备用钥匙。备用钥匙放在客厅柜子的抽屉里，朋香拿出来时看了眼露台，正则在打盹，书已经从手中掉到了地上。

由美子购物回来后，三人就出发去参加聚会。正则给正门上了锁，由美子先行一步走在前面，朋香假装系运动鞋的鞋带，留在门前。

看到正则转身离开，朋香用藏起来的备用钥匙打开了正门的锁，然后一路小跑追上父母。

烧烤聚会不出所料，很无聊。东西没有多好吃，听大人的对话也无趣得很，都是些假惺惺的谎话。朋香实在难以理解，为什么要办这样的聚会。

小坂海斗的话安慰了她。他厌恶在场包括父母在内的所有大人。听他毫不留情地说着这些人的坏话，朋香的心情稍稍轻松了些。

把海斗带到朋香面前的是高塚桂子。当听说卢比死了的时候，她用一副什么都懂的样子说——

这一定是神明在考验你哦。你知道吗？神明不会给人无法通过的考验。一定是对你的将来有益，才会发生这样的事。所以，你要挺过去哦。

听了这番陈词滥调，朋香一时说不出话来。像她这样的人，活了这么久，心理成熟的程度也不过如此。朋香再次见识到人的愚蠢。而且高塚桂子根本不明白，毫无真心的话能有多伤人。朋香心想，这个人，杀了也没关系，反正她也活得够久了。

朋香盯着这群喝着酒聊着空洞话题的大人，暗自揣摩，这里有哪些人会死呢？计划虽然定好了，但实际未必会全部依照计划来。目前确定的目标只有朋香的父母，其他人的行动是无法预料的，而且马里斯有多少本事也很难讲。

不过，马里斯确实来别墅区了。朋香收到他的消息，说他破坏了高塚家的监控摄像头。朋香便也告诉对方，她已经让家里的监控失效。齿轮开始转动。

聚会结束时,朋香凑近高塚桂子,递给她一张纸,是所谓的"礼物兑换券"。上面写着:

> 生日快乐!我想给您送上礼物,今晚十二点,我在您的别墅外等候。这张纸是兑换券,请务必携带。要保密哟!
>
> 朋香

高塚桂子心花怒放地朝她眨了眨眼。

之后,朋香一家三口回到家里。正则和由美子发现正门没锁后,立刻去查看家里有无异常,但他们最在意的显然还是车库。朋香知道,那里有他们的秘密小金库,藏着不能声张的财产。他们约好离婚后这些财产对半分,为了防止另一方擅自拿走,两人各持一把钥匙。

看他们向车库走去,朋香给马里斯发了消息。按照计划,他应该已经埋伏在车库里了。

朋香躺在床上,盖好毯子,闭上了眼睛。

她头脑里想的是将来的事。从明天开始就是一个人了。不过,迟早都会变成这样的,她只是在被父母背叛之前,先做个了断罢了。

过了一会儿,马里斯发来消息:"我成为神了。"

朋香想,结束了。

但依然没有真实感。这是真的吗?会不会父母早就从车库里回来了,正在卧室里休息呢?

十一点五十分,朋香穿上从东京带来的黑色尼龙卫衣,走出房间。听不见任何说话声。她想去偷偷看一眼父母的房间,但还是作罢了。现在只需要专心去做她应该做的事。

朋香拿着手电筒离开房子,走向别墅大门,不去看车库那边。

大门后的暗处放着一个灰色的布袋,里面是刀,是马里斯按计划放在那里的。

朋香拿上布袋,向外走去。夜间的道路漆黑一片,风吹过树林,发出令人毛骨悚然的声音。

来到高塚家门外正好是零点,但没看到高塚桂子的身影。朋香正觉得奇怪,向房子那边望去,发现门开了,桂子出现在门口,向她招了招手。

这是意料之外的,但也不能无视桂子的招呼。朋香没办法,只好走上前。

看到她过来,高塚桂子说:"请进。没关系的,其他人都不在,他们出去了。"

那倒正好。朋香依言走进屋子。

高塚桂子看向朋香的手:"你给我带了什么呢?"她面露诧异,估计是因为布袋看着不太干净。

朋香把手伸进袋子里,握住刀柄:"之前我给您的那张纸还在吗?"

"在呢,是这个吧?"高塚桂子从旁边的桌上拿起纸,又看了一遍上面的话,然后忍不住笑道,"你也会使这种小心思啊。不愧是那个人的女儿。豹子的女儿,果然也是豹子。"

"豹子,是说我妈妈吗?"

"是啊,机敏聪明的厉害人物。放任丈夫胡来,自己也随心所欲，从男人那里捞钱。我是知道的，你父母是一对假面夫妻，对吧？"

老太婆得意地笑着，满脸的皱纹都扭曲了，朋香感觉心里有东西在崩裂。

朋香松开布袋。袋子掉到地上，露出了她手中的刀。

高塚桂子愣住了，也许是在想礼物为什么会是刀具。

下一秒，朋香拿着刀撞向高塚桂子。锋利的刀刃毫不费力地穿过了老太婆的皮肉。回过神来时，只剩下刀柄露在外面。

高塚桂子发出了某种声音，由于震惊，她双目圆睁，大张着嘴。朋香拔出刀后，高塚桂子看着伤口，似乎又想说点什么。

朋香再一次捅上去。这回她瞄准的是心脏，但不怎么顺利，可能是碰到骨头了。

高塚桂子膝盖一软，仰面倒在地上，脸因为痛苦而扭曲着。看到她的模样，朋香心想，还是让她快点死吧，便又拿刀捅了好几下。

等高塚桂子彻底不动弹了，朋香从她手里抽走了那张纸。她没有注意到，还有一部分纸片残留在高塚桂子手中。

朋香出了高塚家，原路返回。走到自家别墅附近，她便关了手电筒。当她正要进门时，意外的事发生了。眼前突然出现了一个男人的背影。她完全不知道这人是从哪儿来的。

对方也拿着手电筒。被发现就完蛋了——这么想着，朋香趁他回头前从后面刺了上去。伴随着一声闷哼，男人蹲了下去。

朋香赶紧趁机离开，从树丛中溜进院子，回到家里。

进房间后，朋香给马里斯发消息："我这边结束。捅了两个人。"

又过了一会儿，她听到警笛声传来。

得知父母已死，尽管是计划之中的事，她还是受到了强烈的刺激。深深的悲伤向她袭来，泪水夺眶而出，怎么也止不住。

但她并不是在为这两人的死而悲伤，而是在为这样的命运悲伤。她多么希望能在更平凡的父母身边，被更平凡地爱着。

马里斯发来的最后一条消息，从时间上看，是在他马上要到餐厅享用最后的晚餐前发出的。内容是：

杀害五人，一人未遂，成果不错，感谢协助。

案子发生后，朋香基本没有想起过父母。他们经常在外用餐，由美子也讨厌做饭，所以朋香几乎没有一家人共进晚餐的回忆。要说在家里吃过的美食，那就是奶油蟹肉可乐饼、春卷、咕咾肉，但全都是些冷冻食品。把这些东西放进微波炉里热一热，一个人默默吃掉，便是栗原家的晚餐。

久纳真穗的接近让她觉得很有意思。本来她还在犹豫要不要参加查证会，多亏久纳真穗，她才下定了决心。

就去欣赏欣赏大人有多愚蠢吧。

22

加贺与榊在山之内家的房间里向栗原朋香问话,在此期间,其他人一边喝着静枝冲的咖啡和红茶,一边在客厅里等待。虽然没有在热烈讨论,但也并非沉默,特别是高塚俊策,一直在跟下属小坂低声交谈着。具体内容听不清楚,但从时不时飘来的只字片语可以推断,似乎是在说案子和真相的事。当高塚叹息"那么小的孩子"时,小坂带着尽在掌握的得意表情应和道:"哎呀,最近的女孩子……"

除了他们,其他人都不怎么说话。小坂七海和儿子缩在角落的位子上,而私生活被小坂七海曝光的山之内静枝则留心着众人的杯子,低调地待在稍远处。鹫尾春那坐在窗边,始终望着外面。久纳真穗也许是在记录这次的事,圆珠笔在笔记本上写个不停。

樱木千鹤本来忙着摆弄手机,之后似乎是有来电,突然接起电话走出屋子,回来后又继续发消息,如此反复了几回。看样子应该不是着急向外宣扬真相,可能是在忙于做安排,比如找新的内科医生之类的。

　　我也得去找下一份工作了——的场雅也喝着咖啡，心里琢磨着。他想起一些门路，但跟樱木医院有关联的地方是没戏了。

　　的场雅也悄悄斜眼看了看。

　　樱木理惠没有进屋，仍在后院里坐着，偶尔也起身走两步，但决不朝向这边。她是不想和他有眼神接触吧，的场很清楚这点。

　　他回想起第一次跟理惠见面时的场景。得知她是樱木家的女儿，他心中只把她当作敌人。出生在这种可以掩盖不法行为的家庭，肯定是锦衣玉食、被娇惯着长大的。的场雅也看她的眼神里满怀憎恨和轻蔑。

　　然而，命运的齿轮以一种诡异的方式开始了转动。的场并没有主动去接近理惠，却感觉到理惠对他有好感。他半信半疑地试着约理惠，果然得到了明确的回应。

　　的场原本有个远大的计划：他要在医院里逐渐增加存在感，直到掌握实权。但现在，截然不同的蓝图突然出现在眼前——他要和理惠结婚，将整个樱木家捏在手里。

　　从跟理惠正式交往开始，这个野心勃勃的念头更加膨胀，他便一心朝着结婚的方向努力。为此，他决定牺牲一切，就连自己的心意也不在乎。没关系，能跟真爱结婚固然理想，但世界上又有几人能实现？横竖都要妥协，不如妥协得有意义。和理惠结婚就是这样。

　　但有一件事，的场后悔了。当时不该那么做。

　　看到樱木洋一中刀，他没有采取急救措施。

　　身体其实是有本能反应的，止血、心肺复苏、AED——许多关键词浮现在了脑海里，他几乎就要脱口而出。但这时，头脑里响起一个小小的声音:"你要去救这种家伙吗?让他就这么死掉,樱木家就是你的了。"

他无法抗拒这个声音,最终还是走出了院子。

但这么做太失败了。他应该留在那里,尽最大努力去救樱木洋一,因为这才是已故的父亲想要看到的。即使面对的是可憎可恶的人,他既然身为医生,就该这么做。无法做到这一点,他也没资格去指责害死父亲的樱木医院。

的场想,或许从那时起,自己就注定要遭受上天的惩罚了。

下楼梯的脚步声响起,看来加贺他们已经问完话了。的场喝完杯子里剩下的咖啡。

榊和栗原朋香径直向门口走去。不久前,警车已经到了,估计是要把朋香带回警局。

加贺独自来到客厅,众人看到他出现,纷纷端正了坐姿。不知何时,理惠也进来了。

"大家一定很想知道,那么我就先说结论。"加贺说,"栗原朋香坦白了一切。接下来警察应该会去搜查证据,但从我的感觉来判断,她说的都是真的。是非常——"加贺顿了顿,"非常骇人听闻的内容。"

"她为什么要做这种事?"久纳真穗问道。

"现在就来说明,会有一点儿长。"说完这句开场白,加贺开始了讲述。

确实是非常骇人听闻的内容。

结束了讲述,加贺接过静枝递来的水喝了一口,环视众人。

"大家有问题吗？"

高塚俊策立即举起了手。"所以这是什么意思？那孩子和桂子也没什么深仇大恨，却下手杀了她？"

"好像是这样的。"

"太荒唐了！"高塚扭着身体，"桂子岂不是死得很冤枉？"

的场感到厌烦。这老头是没有听到加贺的话吗？马里斯，也就是桧川，在和栗原朋香的对话中声称被他杀掉就好比遭遇天灾，死于天灾这种事哪有什么理由，就是运气不好罢了。

之后，又陆续有几人提问。他们不能理解栗原朋香的所作所为，似乎想试着让这一切与自身的价值观相契合。但加贺口中没有出现令他们满意的答案。

没过多久，所有人都陷入了沉默，再也没人举手了。

"要是没问题了，我们就解散吧。可以吗？"

谁也没给出明确的答复，估计是无法决定就此结束是否合适吧。的场正是这样。

有人站了起来，是久纳真穗。她走向加贺。"托您的福，我哥哥在想什么、做了什么，我总算多少明白了一点儿。以后我不会再为这些问题烦恼了。"

"身为刑警，我能做的就是这些。今后的路想必不容易走，还请多加油。既然您有勇气来参加查证会，我相信您一定可以渡过难关。"

"谢谢，我发自心底感激您。"久纳真穗伸出右手。

看到加贺握了一下她的手，的场想，这里最得到救赎的可能就是这个女子了。

的场离开山之内家,坐进车里。他正要系上安全带,副驾驶座的门开了。理惠上了车。

"我俩还有话没说完。"理惠坐定后,面朝前方道,"或者说,根本就没开始。"

"还有说的必要吗?"

理惠转向的场:"你一个人回东京,之后打算怎么办?"

"不知道,首先是找工作吧。"

"你准备从医院辞职?"

"就算我不辞——"

"我没有想要你辞职。"理惠语速很快,"樱木医院需要优秀的内科医生。就算妈妈说让你辞职,我也会反对的。你别忘了,我是下一任董事长。"

"也就是说,"的场轻轻拍了拍方向盘,"我不用担心失业了。"

"接下来是我们之间的问题。今后怎么办?"

"今后?还有今后吗?"

"你是说要当一切都没发生过吗?"

"难道不是?"

"虽然刚才让你看到了丢脸的样子,但现在的我已经不同了,所以你好好听着。你以为我真的相信,你纯粹是因为爱我而想跟我结婚吗?要是我真那么想,就太肤浅了。我是不够聪明,可也没蠢到那个份儿上。如果我不是樱木医院的继承人,你看都不会看我一眼,这一点我心里早就有数了。所以,先前听到你来我们医院的原因,我虽然受到打击,但仔细想想,我发现其实并没有改变什么。不管你是冲着钱还是冲着医院来的,这都无所谓。还是说,现在的你已经不想得到樱木医院了？"

的场有些不知所措，不明白她真正的用意。"你该不会想说，我们继续下去吧？"

"现在这样不行，就算是我也不会答应的。我决定了，要让你改变心意。"

的场歪了歪头："什么意思？"

"很简单。我要让你想得到我这个人，而不是医院。我要成为这样的女人。从明天开始，不，从今天，从现在这一刻开始。你做好准备吧。"

被她那充满决心的眼睛凝视着，的场心绪起伏不定。尽管有很多次被这个女人弄得团团转，但他内心从未像现在这般动摇过。

这或许不是坏事，虽然可能得跟樱木千鹤再好好谈一谈。

"好。"的场说着发动了引擎。刚要去拉变速杆，理惠像是要阻止他，握住了他的手腕。"你别误会。如果你不改变，我是不会接受你的。"她语气坚定，脸上带着前所未有的坚决。的场意识到，这个女人已经不一样了。

"好。"的场再一次说。

理惠低低笑了一声，打开车门。她轻快地下了车，也不关门，潇洒地向前走去。

的场看着她的背影，心想，就在刚刚，我可能已经被你杀死了。

23

静枝开车送春那和加贺去乘新干线。

"这次多谢您。"加贺向静枝道谢。

"哪里,要谢谢您才是。"静枝惶恐地摆摆手,"我什么也没做。"

"您过谦了,每个人的参加都是有意义的。"

加贺的话别有深意。静枝点了点头,视线转向春那。"可惜没时间好好聊聊。我很想说欢迎再来,但你可能不愿意了吧?"

春那不知该如何回答,略作思考后,说:"可能还需要一点儿时间。"

"也是啊。"静枝落寞地笑了笑。

春那并不是没有问题。如果问静枝,你是狐狸吗,她会怎么回答呢?不过,就算问了又能怎么样?

"我们该走了吧。"加贺说。

"嗯。那以后有机会再见。"

"保重啊。"静枝真诚地看着他们。

与她分开后，两人买好票，向上车的地方走去。得知车就要进站，二人加快了脚步。

车厢出乎意料地很空。因为买的是自由席，春那本以为肯定要跟加贺分开坐，没想到有空着的双人座。

"累了吧？"加贺边脱登山服边说。

"有一点儿。"春那回答，"不过我只是听听，加贺先生更辛苦不是吗？"

"倒确实不能说不辛苦。"加贺眯起眼睛。

"多亏加贺先生，能查清真相真是太好了。虽然是我宁愿不知道的真相，那孩子居然是凶手……"春那摇头，"我直到现在还是不敢相信。她才十四岁吧。"

"不能小看他们。就像久纳真穗小姐说的那样，中学生的理性和感性中有着令人畏惧的东西，特别是他们的疯狂。"

春那也有同感。听到女孩的供述时，她感到脊背一阵阵发凉。

"不过这也只是她的口供，能找到证据吗？不是间接证据，而是……"

"物证吗？嗯，我想应该能找到。桂子夫人的遗体有大量出血，血迹应该不仅留在了凶器上面，还会有相当一部分附着在朋香的衣服上。她把这些东西带回东京，也就留下了痕迹。警方首先会将栗原家的别墅彻底搜查一遍。作案后，朋香应该在洗脸池、浴室等地方清理过身体，能检测出血液反应。"

原来如此，春那明白了。一旦被这个人怀疑上，就再也逃不掉了。

"她会面临什么样的判决呢？"

"不知道。虽说她只有十四岁，但这是杀人案，我认为家庭法院会把她送返至检方。不过,根据精神鉴定的结果,检方也可能选择不起诉。"①

"这样吗?"

春那无法判断这么处理是否恰当。

"因为加贺先生当过老师,所以能看穿她的内心吧?一般人就会先入为主,无论如何也得不出那个结论的。不过,说起来,那是解开所有谜团的唯一答案,您能找到实在是太了不起了。"

"谢谢。"加贺低头致意,"但是,说解开了所有谜团,还为时尚早。"

"哎,这样吗?"

"对。"加贺抬起头,竖起两根手指,"还有两个谜没解开。"

"什么?"

"其一是刀的数量。桧川买了十把刀,五把留在住处,那么我们可以认为他行凶时带了五把。警方已经确认的,只有桧川在餐厅里拿出来的、用来杀害栗原夫妇的那把,还有插在洋一先生和英辅先生身上的那两把。就算加上栗原朋香作案用的那一把,也只有四把。剩下的那把刀去哪儿了呢?"

"还有一个谜是什么?"

"也与数字有关,是被害人的数量。桧川给朋香发的最后一条消息是这么写的:杀害五人,一人未遂,成果不错,感谢协助。听到这里,我觉得不太对劲。"

---

① 家庭法院,日本的一种初级法院,审判和调解家庭内部事件和青少年刑事案。对检方移送的未成年人,家庭法院根据调查结果,认为适用刑事处分的必须送返至检方。之后,检方通常会在地方法庭提起诉讼,涉事未成年人将与成年人一样接受审判。

"怎么了?"

"当时,准确的被害情况尚未报道出来。所以,桧川是结合他本人的作案情况和同伙的反馈,写下了那句话。但朋香在消息里只说'捅了两个人',光从这条消息来看,一般人都会以为是杀了两个人,不是吗?为什么桧川知道其中一人未遂呢?他不应该知道才对。只有可能是,桧川认为,有一个人自己没成功杀死。他杀了三人,还有一人未遂。但这样的话,就奇怪了。他没杀死的那个被害人是谁呢?我们来整理一下桧川的作案顺序:他最先下手的是栗原夫妇,然后是洋一先生,最后刺了英辅先生。在这个时候,他理应还有一把刀,那把刀去了哪儿?警方没有找到,是因为这把刀到了某个人手里。那个人是谁?难道是桧川没能杀死的那个人?照这样推理下去,最后只能得出一个答案。实在……实在是很难开口,但是……"原本很流畅的加贺,讲到一半语气越发沉重,最后支支吾吾起来。

春那深吸了几口气,努力让自己镇定下来。要抑制心跳加速似乎很难。她舔舔嘴唇,开了口:"请说吧。"

加贺把双手放在膝上,转向春那。"那我就直接问了,鹫尾春那小姐,用过那把刀的人是你吧?你杀了人——不是吗?"

或许是为了不让其他乘客听到,加贺把声音压得很低,即便如此,还是清清楚楚地传到了春那耳朵里。也许是因为她已经预料到了这番话。

虽然有些意外,春那的表情依然很柔和。她看着加贺,歪了歪脑袋。"我杀了谁?既然已经说到这里,就请不要含糊其辞了。"

似乎没料到春那会是这种反应,加贺难得地露出了像被镇住的表情。"好吧。不必多说了,当然是鹫尾英辅先生,你的丈夫。他就是桧川没杀成的那个被害人。你发现他时,他并没有死。非但如此,我还可以想象,他只是受了轻伤,尚能行动。他可能是在别的地方被刺伤的,但还有体力回到山之内家的后院。哦不,他甚至还可能去过其他地方。"

"然后我杀了他?"

"对。"加贺回答,"只有这么想才合乎情理。最后那把刀到了谁的手上?最合理的推测是,被桧川没杀成的那个人夺走了。你看到英辅先生时,他拿着那把刀。并且,他身上只有一处被刺,是轻伤。但你拿起刀,插进了他的胸口。"加贺痛苦地垂下视线,摇摇头,"抱歉,我并不想说这些……"

"没关系,事已至此了。"春那露出笑容,冷静得连她自己都感到不可思议,心跳也恢复了正常,"假设我做了这些事,您觉得我的动机是什么呢?"

"这仍然只是我的想象,"加贺咬了咬下唇,"跟山之内静枝女士有关,对吗?"

春那吃了一惊:"为什么这么说?"

"按小坂七海女士说的,桂子夫人发现了静枝女士和栗原正则先生的关系,案发当天也曾目击二人在绿屋幽会。但从栗原朋香的口供中可以得知,正则先生在出门参加聚会前,一直待在自家别墅里。或许他和静枝女士之间是有男女关系,但至少八月八日这天,在绿屋幽会的人不是他。也就是说,桂子夫人看错了。那么那个人是谁呢?桂子夫人不会看错她的丈夫或者下属小坂,而的场先生当天又始终和理惠小姐在一起。"

"剩下的只有一个人了……对吧。"

"其实，刚才静枝女士开车送我们之前，我稍微散了会儿步。我去了绿屋，绕到后门观察了一下。我发现门把手上沾着像是血迹的东西，尽管只有一点儿。我想，那应该是英辅先生的血。被刺之后，他忍痛去了那栋绿屋，想必是有什么相当重要的目的。"

春那深深呼了口气。"您全都看穿了。登纪子前辈说得没错，果然，在您面前，说谎是行不通的。"

"能告诉我详细的经过吗？"

"嗯，但是，可不可以给我一点儿时间？我想整理一下心情。"

"当然可以，我们离到东京还有很久。"加贺站起身，换去了别的座位。

24

　是从什么时候起对英辅的态度产生怀疑的呢？回顾过去，春那左思右想，似乎没有哪件事能让她明确说"就是这一瞬"。都是些令人有点在意但又不必特别介怀的小事。比如，有些关于静枝的小故事，春那明明没有说过，英辅却知道。再比如，几乎每次春那不在家时，英辅都必定要在外过夜。像这样的事反复数次后，春那心中渐渐产生了别样的感觉。换句话说，就好像将许多张近乎透明的薄纸叠在一起，上面清晰地浮现出名为"怀疑"的图案。

　若要深究，把英辅介绍给静枝是一切的开端。要是没有这件事，后面那些错误的故事应该也就不会发生了。

　在初次见面后，静枝对春那称赞英辅很出色，而英辅对静枝的印象也是"有魅力"。春那以为，双方的话里大概都是真心和客套参半。毕竟一边是侄女婿，一边是妻子的姑姑，就算印象不太好，也不会说出来。

　但春那的判断大错特错。这两人的夸赞都毫无虚言，是真心实意觉得对方"出色""有魅力"。既然如此，自然是会受到吸引的。要是进而发现对方也抱有同样的想法，肯定会雀跃不已，盘算着偷偷取得联系也没什么奇怪的。等联系上了，也就不可避免地想要见面。只要双方都不踩下刹车，发展的势头只会越来越猛。

两人的心如何走到一起、感情如何变得炽热，春那从毫无戒心的英辅那些没删掉的信息中多少知道了一些。他没来由地断定妻子不会偷看他的手机。

但里面并没有决定性的内容。丈夫通过妻子认识了她的姑姑，认为跟亲戚来往很重要而互发消息，仅此而已——这么解释未尝不可。交流的也不过是些玩笑话，一笑了之就罢了。一个优秀的律师可能会自信满满地断言，这些消息完全不能成为出轨的证据。

所以，这次来山之内家，对春那而言意义重大。她想要确认她对丈夫和姑姑的怀疑到底只是单纯的胡思乱想，还是不可动摇的事实。具体要怎么做，她还没想好，但她确信，只要看这两人的态度就一定能明白。

然而，重逢时，两人的反应没有什么不自然。"好久不见！""去年承蒙照顾。""还好吗，跟春那日子过得怎么样？""被管得死死的，但还凑合。说起来，这里空气一直都这么好啊。""这个地方也就只有这点好。"……就时隔一年相见的亲戚之间的对话来说，满分。亲切得恰到好处，也客气得恰到好处。

这之后，光是从春那所见来看，他们没有什么奇怪的表现。既不像在暗送秋波，也看不出来有特别留意对方。

难道是误会了吗？春那产生了这种想法。英辅有点八面玲珑，对谁都想摆出一副好好先生的模样。也正因此，他对成熟的女性发了带有挑逗意味的消息,仅此而已。而静枝可能也只是为了排遣无聊迎合了上去。

正当春那摇摆不定时,别墅区的烧烤聚会来了。地点在山之内家的后院,当然,静枝和春那夫妇必须为此做一些准备。

春那接到静枝给她的任务,要先去镇上最大的商场买一点儿食材,然后去取之前特别定制的蛋糕,给高塚桂子庆生用的。

时间刚过下午三点,春那开车出了门。她一边手握方向盘,一边在头脑里盘算怎么做才能高效完成任务。她想关键在于取蛋糕的时间,便打算确认一下,于是把车停在路边,给店里打电话。

电话接通后,她问蛋糕什么时候能取,女店员明确地回答说:"您预订的蛋糕,取货时间是在下午五点以后。"

下午五点?还有两个小时。就算买完食材,应该也还早。那这段时间要干些什么呢?

想到这里,她突然闪过一个念头。

难不成她是被设计赶出来了?取蛋糕是在五点,那么在此之前春那都不会回去。静枝是不是故意这么安排的?如果是,她的目的就只有一个。

春那坐立不安,将车调转方向,原路返回。要是被问起怎么这么早回来,就说自己问过蛋糕店时间了。只希望静枝和英辅听了这话,不要感到失望。

开到山之内家附近时,春那见到有人从后院里走了出来。虽然离得有点远,但她依然能看出那是英辅。他弓着背,迈起步子。看到这个背影的瞬间,春那明白,上天没有听到她的祈祷。

不过,还是有必要去确认真相。春那下了车,跟在英辅后面。

目的地她已经猜到了,但她不想再去祈祷是自己猜错。对期待落空这种事,她已经受够了。

春那的判断是正确的。英辅抵达的终点,是那栋屋顶令人印象深刻的小别墅绿屋。房子的主人住进了养老院,静枝在负责打理这栋别墅。英辅熟门熟路地绕到别墅背面,向后门走去。很快,门开了,静枝让他进了门。两人全然没注意到正在暗中观察的春那。

天是晴的,春那却像一只在雨中淋得湿透的小狗。她迈着沉重的步伐,跟跟跄跄地回到车里。春那坐进驾驶座,猛地趴到方向盘上,刚刚看到的那一幕浮现在眼前。她分明不愿回想,但那一幕就是在脑海中一遍又一遍地重复。

过了一会儿,春那的身体开始晃动。不是因为过于悲伤而颤抖,而是突然想笑,她想忍住,身体便抽搐起来。

多么滑稽,多么可笑啊!她发自内心爱的男人,却偏偏让关系亲近的姑姑夺走。对春那来说,他们是这个世界上她最信任的男人和女人。她被这样的两个人背叛了,而给他们牵线搭桥的人正是自己,并且这回还专程给他们制造了幽会的机会。这两人相信已经把春那赶了出去,此时可能正在绿屋的床上享受着幸福的时光吧。

看自己如此滑稽,春那只能止不住地放声大笑。她不知道她到底是真的觉得可笑,还是在强迫自己。很快,笑声变成了呜咽。春那就这么把头压在方向盘上哭了起来,眼泪落到膝盖上。

哭着哭着,她冷静下来。接下来要怎么办?她可以选择闯进绿屋,把二人痛斥一番,指责他们的过错,极力控诉她受到了多么严重的伤害,要他们做出补偿,然后提出离婚,向英辅索赔。夫妻重修旧好是天方夜谭,只能寻求现实的解决方式。自立自尊的女性或许就该这么做。

但春那怎么都想象不出自己采取这些行动的样子。尽管英辅的背叛深深伤害了她,她内心还是强烈地希望情况不要变得更糟,能平稳地恢复如常。

等回过神来,她已经在开车了。到商场后,她买好静枝要的食材,在美食广场边喝拿铁边打发时间,等着去取蛋糕。她在脑海里说,要冷静。英辅和静枝应该都不是认真的,只是玩玩罢了,很快就会厌倦的。到时候,英辅还会回到她身边。虽然无法原谅静枝,但只要彻底断绝来往,迟早都能忘掉这一切。

春那在美食广场上遇到了栗原由美子,还有樱木理惠他们。由美子的丈夫显然是个花花公子,情人有一个还是两个都不足为奇。而樱木理惠的未婚夫看上去好像也是个怪人,多半是冲着樱木家的财产来的。大家都一样,完美邂逅理想对象这种事,根本不存在。

结束了购物,蛋糕也取到了,春那返回山之内家。静枝正在厨房为烧烤做准备,英辅在后院里组装烧烤架。他们身上完全看不出姑姑和侄女婿以外的关系。两人保持着绝妙的距离,这种演技只能说太厉害了。

不过,春那也确实因此放下心来。若是他们态度太不自然,自己要装作视而不见也很辛苦。春那虽不介意扮演一下迟钝的妻子,但凡事总有个限度。

过了一会儿,邻居们陆续到来。当然,他们不知道这个夜晚将会发生怎样的惨剧,无忧无虑地享用着美食和美酒,愉快地聊着天。只有栗原朋香怀着可怕的计划,但当时大家是不可能察觉的。她看起来不太开心,但春那以为她和另一个孩子小坂海斗一样,是因为不得不参与大人的交际而不耐烦罢了。

至于自己的表现,春那自我感觉良好,没有人来问她"怎么没有精神呀?""是不是有烦恼?"这种问题。她应该完美地演绎了英辅妻子的角色,而证明这一点的不是别人,正是英辅。和其他人聊过后,他走到春那身边,说:"好久没见你露出这样的表情了啊。"

"哦?什么表情?"

"这么快乐的表情。你最近总是愁眉苦脸,说工作上碰到了困难什么的。"

春那把手放在脸颊上。"我都没意识到……"

"能换换心情就好。"英辅眯眼笑着,把罐装啤酒举到嘴边。

够讽刺的,春那心想。最近,她在英辅面前确实很少开心。不必说,当然是因为她在怀疑英辅跟静枝的关系。而现在,怀疑变成了确信,为了掩盖内心的起伏,她拼命饰演一个活泼的妻子。她的丈夫却当了真,放下心来。也许他是确认了出轨没暴露,松了一口气。

不过,英辅应该有一件更在意的事才对,那就是他的手表。春那出去买东西前,英辅的确是戴着表的,聚会时却没有。他是在哪里摘掉后忘记拿了呢?只有一个可能,那就是绿屋。肯定是幽会时摘掉后就放那儿了。估计因为他平时不怎么戴,所以就没留神。

什么时候去拿回手表?英辅满脑子都是这件事吧。因此聚会结束之后,周围响起警笛声,渐渐进入警备状态时,他觉得是个绝佳的机会。

英辅说去看看情况,便出门了。春那想阻止他,静枝却递上了手电筒。大概她已经知道了他的目的。

接着,英辅被卷进了命案。

看到英辅倒在后院，春那惊慌失措。他左腹上插着一把刀。春那匆匆跑过去，抱起他，呼唤他的名字。英辅睁开眼，点了点头。"没关系，没伤到要害，不会有生命危险。我怕出血，就没把刀拔出来。"

英辅说话声音沉稳有力，左手腕上戴着手表。看到这里，春那心里明白，他果然是去绿屋了。大概是在回来路上被刺的，总不能是一出门就被刺，然后就这么一路走去了绿屋。但仔细想想，也不是没有这种可能性。

"得止血才行。有手帕吗？"

"有是有，不过已经用了。"英辅的另一只手上拿着手帕，里面包着什么东西，"凶手还有一把刀，当时拿着刀向我扑过来，不过被我挡开了，刀掉到了地上。凶手跑了，但我把刀捡了回来，这上面应该有指纹，所以我用手帕包着。"

"这样啊。"

简直就像悬疑剧里的故事。春那没有真实感，但丈夫被刺是事实。

春那想，总之要先去叫救护车，便冲进屋里，爬上二楼去拿手机。她刚要打电话，从窗子往后院一看，静枝正朝英辅走去。她在他身旁坐下，凝视着他的脸。

春那看到英辅把一样东西交到了静枝手里，可能是绿屋的钥匙。

紧接着，英辅用右臂绕过静枝的脖子，把她的脸捧到眼前。春那站在二楼也看得十分清楚，两人的嘴唇贴到了一起。

春那感觉到心中有东西在崩塌。那些崩落下来的碎片随风飞舞,彻底消散,最后只剩下一片虚无。

她没有打电话,下楼来到后院,发现静枝不在那里。

春那走向英辅。"有人来过吗?"

"没有,"他摇摇头,"没人来过啊。"

这大概是出于接吻后的罪恶感而撒的谎。他打算把和静枝的私情瞒到底。

春那看向刀,凶手掉落的那把刀。刀柄上包着手帕,春那就这样把它握在手里。

"很危险哦。"英辅说。这愚蠢的口吻。

春那毫不迟疑,朝着他的胸口,用尽全力,把刀捅了进去。

英辅面露惊愕,很快就一动不动了。

春那盯着她的丈夫,仍然没有真实感。她看到他身上插着两把刀,心想这样可不行,便将侧腹上的那把拔了出来,又把手帕从胸口那把刀上取下来。

静枝可能正在哪里看着。但是没关系,这也算是对她的惩罚。

之后,静枝出现了,什么都没提起。查证会时也一样。或许是没看到,又或许是打算以此作为对春那的一点点赎罪。

问题在于加贺。他一定也会向静枝了解情况。而在那个人面前,说谎是行不通的。

图书在版编目（CIP）数据

你杀了谁 /（日）东野圭吾著；苏玖龄译. -- 海口：南海出版公司, 2025. 1. -- ISBN 978-7-5735-1003-7

Ⅰ. I313.45

中国国家版本馆CIP数据核字第2024PU8558号

你杀了谁
〔日〕东野圭吾 著
苏玖龄 译

出　　版	南海出版公司　（0898）66568511
	海口市海秀中路51号星华大厦五楼　邮编 570206
发　　行	新经典发行有限公司
	电话 (010)68423599　邮箱 editor@readinglife.com
经　　销	新华书店
责任编辑	张　锐
特邀编辑	杨　奕　王心谨
营销编辑	杨美德　李琼琼　陈歆怡　刘明辉
装帧设计	韩　笑　李照祥
内文制作	张　典
印　　刷	山东韵杰文化科技有限公司
开　　本	850毫米×1168毫米　1/32
印　　张	8.5
字　　数	190千
版　　次	2025年1月第1版
印　　次	2025年1月第2次印刷
书　　号	ISBN 978-7-5735-1003-7
定　　价	59.00元

版权所有，侵权必究
如有印装质量问题，请发邮件至 zhiliang@readinglife.com

著作权合同登记号 图字：30—2024—151

《ANATA GA DAREKA WO KOROSHITA》
© Keigo Higashino 2023
All rights reserved.
Original Japanese edition published by KODANSHA LTD.
Publication rights for Simplified Chinese character edition arranged with KODANSHA LTD.
through Kodansha Beijing Culture Co., Ltd. Beijing, China.

本书由日本讲谈社正式授权，版权所有，未经书面同意，
不得以任何方式做全面或局部翻印、仿制或转载。